宪兵父亲的遗言

父女两代人的心路历程

【日】仓桥绫子　　著
周晨亮　姜钰　译
笪志刚　　审

北京理工大学出版社
BEIJING INSTITUTE OF TECHNOLOGY PRESS

图书在版编目（CIP）数据

宪兵父亲的遗言：父女两代人的心路历程/（日）仓桥绫子著；周晨亮，姜钰译．—北京：北京理工大学出版社，2015.12
ISBN 978-7-5682-1710-1

Ⅰ．①宪… Ⅱ．①仓… ②周… ③姜… Ⅲ．①散文集-日本-现代 Ⅳ．①I313.65

中国版本图书馆CIP数据核字（2015）第312269号

北京市版权局著作权合同登记号 图字：01-2015-8569号

出版发行/北京理工大学出版社有限责任公司
社　　址/北京市海淀区中关村南大街5号
邮　　编/100081
电　　话/（010）68914775（总编室）
　　　　（010）82562903（教材售后服务热线）
　　　　（010）68948351（其他图书服务热线）
网　　址/http：//www.bitpress.com.cn
经　　销/全国各地新华书店
印　　刷/北京地大天成印务有限公司
开　　本/710毫米×1000毫米 1/16
印　　张/12.25
字　　数/110千字
版　　次/2015年12月第1版 2015年12月第1次印刷
定　　价/36.00元

责任编辑/王佳蕾
　　　　李慧智
责任校对/周瑞红
责任印制/王美丽

平安夜感怀（代译者序）

“不了解那场战争的人年年都在增加。”

“但是我想为了日本的未来，充分了解那场战争并进行深入思考是极为重要的。”

2015年12月23日，日本天皇明仁在82岁生日之际，再次发表上述谈话敦促国民牢记第二次世界大战的教训。近年来，明仁天皇和皇后虽然在日本宪法所允许的范围内不断地敲响警钟，然而在日本媒体保守化的背景下，这些苦口婆心往往难以顺利传达到日本国民的耳中。

如今的日本，一种奇妙的受害者意识在悄然蔓延：广岛、长崎遇难者纪念年年不断，却埋怨中国永远忘不掉受害的历史；宣称东京审判是胜者的报复，却不愿自己去重审旧案。

在面对中国时，日本保守派的受害者心态正如本书中赵阶琦研究员所概括的那样，认为“（中国）第一是想利用历史问题压制日本，第二是想从日本得到援助，第三是源自中国共产党的历史定位”。对此，赵研究员的批驳一针见血，读者可以阅读相关章节，毋庸我在此赘言。

有关这种倒错的受害者意识的成因，本书登场的几位日本学者的分析非常深刻精到，应当引起我国学者的重视。近些年来日本右翼的受害者意识越发严重，逐渐模糊了他们脑海中的虚幻和史实的界限。

2008 年，时任日本自卫队空军幕僚长的田母神俊雄发表文章《日本曾是侵略国家吗?》，公然否定侵略历史，掀起了新一波历史修正主义浪潮。在同年的右翼政论杂志《诸君!》（现已停刊）4 月号上，本书中提到的西尾干二（历史修正主义者几乎无一例外的是非历史学科出身）与历史学者秦郁彦进行过一次对话。田母神声称暗杀张作霖的皇姑屯事件极有可能是共产国际一手操办的，对此秦郁彦指出以河本大作为首的关东军之罪行毋庸置疑。西尾反驳道：“比起注重实证的历史学家所叙述的历史，心有诗魂的小说家书写的纪实文学才是更高层次的历史”，只要有“文学的说服力”即可，“没有证据也可以，细微的地方根本不必计较”。这种披着年鉴学派外衣的观点试图把历史研究拽入无视史实的泥沼，即使在秦郁彦这样的保守派历史学者那里也被嗤之以鼻，但却满足了一部分人心中对所谓“诗情”的渴望。历史研究的成果没有外行们编织出的故事情节那样“动人”，学者们的声音不出象牙塔，影响力逐渐式微。不少日本国民虽然承认侵略的罪行事实，但却认为那个时代已经离自己很远。不断发掘日本侵略事实的人被认为是翻旧账，而一些论客拼凑明治时期才出现的伪传统，来宣扬日本文化的优越性却颇受欢迎。

“捏造虚言的人被奉为爱国者受到称赞，讲述真实的人被当成卖国贼遭到辱骂。”

昭和天皇的弟弟三笠宫崇仁亲王曾在著述中这样回顾战前的日本。他在2015年12月2日过完百岁生日时再次反省“日本对无辜的中国人民犯下的可耻罪行”。这种良知的声音虽然在日本社会绝非少数，却往往被政客们的喧嚣所掩盖，那曾经笼罩过日本列岛的阴云不知不觉中似乎又压了过来。

正如作者在文中所指出，一些日本国民“陷入了‘不要追究那场战争加害者的一面’这一骗局而不自知”，而近年来中国的日渐强盛更使得日本社会心理上的优越感被不断削弱，也让一部分人失去了冷静客观看待历史事实的平常心。

十多年前全日本中国学友会邀请时任国会议员的吉冈吉典先生为东京的中国留学生做报告时，我曾担任翻译。吉冈先生言道日本政府的高官很多都是当年发动侵略战争者的子弟和下属，所以他们无法面对父辈和上级清算战争罪责。“父亲这一代如果不把那些见不得人的感情和能量释放到光天化日之下，就会沉淀到儿子、孙子的那一代。”书中的这一段话让吉冈先生那沉重的表情又浮现到我眼前。父辈与子女的纠结，上级与下级的人际关系，本书中所涉及的日本社会中的种种弊端，亦值得我们自戒、共勉。

本书的出版历经曲折。原黑龙江省供水管理中心李林主任从侵华日军第七三一部队罪证陈列馆的宋吉庆老师那里得到了仓桥绫子女士的这本著作，并请宋老师帮他找人翻译。经哈尔滨遗孤养父母联谊会秘书长石金楷老师的介绍，黑龙江社科院的高晓燕老师指派姜钰同学来翻译。姜同学研究方向为日本史，是研究所唯一会日语的学生。后她的学弟贺子钰结识了北京理工大学出版社李炳泉编辑，李编辑在探讨中日历史的研究中得知此译稿，即向林杰社长等社领导汇报，并得到出版社的高度重视，经宋老师牵线，仓桥女士同意出版中译本。不久宋老师谢世，本书的付梓当可告慰先生于泉下。

2015 年 8 月，我正准备参加在京召开的全国翻译教学学术研讨会，在北京理工大学出版社帮忙的日语系硕士生冉义珂同学发来求助的信息，希望我能帮助校对该书。我拿回书稿和原翻译稿，连夜翻读。书中作者的经历、言行，姜同学付出的心血打动了我，为了更好地向读者呈现此书，我和姜同学决定重译本书，并请姜同学协助确认文中部分专有名词。

研讨会结束后，我赴日访学，其间有幸与仓桥女士见了一面。8 月 26 日那天小雨纷纷，仓桥女士伫立在东京都日比谷公园松本楼前，远远望去气度非凡。我们在此共进午餐，并探讨了翻译过程中的一些问题。松本楼的原主人梅屋庄吉是孙中山先生在日本的挚友，宋庆龄女士曾用过的钢琴也陈列于此。类似这样中日友好的象征在日本俯拾皆是，更使我感到了先人们对我们的期待。此后，我也常常就翻译中涉及的问题请教仓桥女士，每次均能得到她耐心、细致的回答，对此不胜感谢。

我在翻译和校正过程中，多承北京理工大学出版社各位编辑斧正，又蒙黑龙江省社会科学院东北亚研究所的笪志刚老师在百忙之中审稿，令我获益匪浅，在此向各位谨表谢意。因为时间仓促，本人水平有限，有不当之处，还望广大读者不吝赐教。

我在日本留学八载有余，其间无数日本国民向我伸出了热情的手，我的师友们也始终对我这个来自中国的学子给予了无微不至的关照，使我深深感受到日本国民心底里对和平的渴望。本书作者这样的良识之士在日本绝非少数，只是他们的声音往往不为两国国民所听到。互联网时代各种信息碎片化严重，浮躁的喧嚣亦会一时压过理性的思考。但是我相信中日两国人民有足够的智慧分辨真善美与假恶丑，通过不懈的努力，我们的双手终有一天会紧握到一起。而我此次将本书译成汉语，也是希求以微薄之力，为中日实现真正的相互理解做出点滴贡献，报身边师友家人平素之恩，向国内广大读者传递日本国民的心声。

平安夜挑灯执笔，在此祈愿东亚各国人民能就此永远和平、安康。

译者　周晨亮

2015 年 12 月 24 日于北京

中译本前言

我在日本发动的侵略战争结束两年后出生。战争期间父亲是一名日军宪兵，母亲是从军护士，战后我们在贫困中安稳度日。大学毕业后我成为初中社会科的教员，工作之余又忙于育儿。就在那时，因病住院的父亲递给我一张纸条，上面写有对中国人的谢罪之词，这使得我第一次直面包括父亲在内的日军所犯下的种种战争罪行。

十余年后，作为日本战后出生的第一代人，我把面对父母那一代人的加害事实时感受到的内心纠结以及我所采取的行动撰写成书，2002年由日本高文研出版社出版。本书出版后，日本北海道大学的菲利普·希顿（Philip Seaton）老师将其译成英文（*My*

Father's Dying Wish: Legacies of War Guilt in a Japanese Family)，于2009年出版。

今年正值日本战败70周年，本书能在北京理工大学的周晨亮老师和黑龙江社会科学院研究生姜钰同学的帮助下在贵国出版，我感到不胜欣喜，谨以此书献给广大中国读者，祈愿中国和日本能永远和平友好相处。

前　言

2000 年 9 月 13 日，我远离日本的家人，在北京郊区的一家宾馆静静地迎来了自己 53 岁的生日。那天晚上我正准备上床睡觉时，旅伴班忠义夫妇突然跑来跟我说：“生日快乐！”并送给我一个非常可爱的手提包和一个摆件。他们说在办理入境手续的时候瞥见了我护照上的出生日期，就特意准备了生日礼物。顿时，一股暖流涌上了我的心头。

把礼物放在床边，我陷入了沉思：自己竟然在中国迎来了 2000 年的生日，而且还是在传递父亲谢罪之旅的途中，这真是我所预想不到的。

我的脑海里浮现出了这样的情景：

周围是一片桑树林，细弱的枝条裸露在寒风中，脚下枯草遍地。那天是上州①冬天难得一见的小阳春天气，阳光和煦而没有刺骨的寒风。小学六年级的我一个人站在家族的墓地前，望着一排排长满青苔的墓碑浮想联翩。

——在这片沐浴着阳光的茶色土壤和枯草之下，静静地躺着奶奶和死去的人们（那时候还是土葬）。所谓“死”到底是怎么一回事呢？自己能撑着不死到什么时候呢？现在是1959年，我能活到那遥远的2000年吗？如果那时我还活着，又在做些什么呢？

因为头顶着明媚的阳光，我没有像平常那样感受到对死亡的恐惧，而只是享受着和地下死者们的亲情交流。那真是一段奇妙的时光。

我是幸运的，活到了今天并以这样的方式迎来了自己2000年的生日，而那时还很健康的父亲、母亲还有二哥却都已经进了墓地。

虽说失去至亲的痛苦会随着时间的流逝而渐渐淡化，但对我来说，由于父亲的遗言深深地烙入我之后的人生，所以这种痛苦非但没有被淡化，反而越来越深。

“（我）为对中国人民做出过的种种行为感到无比悔恨，在此深深道歉。”

我无法不正视这句话，想逃也逃不掉。

如今我已经遵照父亲的遗愿，把这句话刻在了父亲的墓碑上，

---

① 上州：日本群马县的古称。

现正在去往父亲服役时最后驻扎过的东宁（今中国黑龙江省牡丹江市东宁县——译者注）的旅途中，到那里去向当地的人们询问当年父亲做过的事情，去转达父亲的谢罪之意。

为什么要做到这种程度？我好像听到了同龄人或是下一辈人的疑问。父辈、祖父辈的所作所为我们为什么必须背负起来呢？

你要问我为什么，其实我也说不清楚。总之，不这么做我就无法给自己的人生一个交代。你要问我交代什么，我就又不知该怎么回答了。

也许是为了使父亲的人生不再留下缺憾；同时作为战后出生的一代人，通过做这件事正视自我，从而为自己收获一个人应该拥有的坚韧不拔的精神。

2001 年来到了。

我结束了东宁之旅，仿佛跨过了一个人生的标杆。

我自从接受了父亲的遗言以后，在迷惘与苦恼中不断挣扎，最终到底得到了什么呢？那让我痛彻心扉，不得不进行自我改造的东西又是什么呢？为了重新审视自己，我试着把这十余年的点点滴滴记录下来。

老实说，能跟我有一样经历的人并不多。现如今，世间有关经济不景气的报道满天飞，而“自由主义史观”① 又当道，我不由

---

① 自由主义史观：指前东京大学教授、教育学者藤冈信胜所提出的史观。藤冈将承认日本罪行的史观贬为“自虐史观”，否认过去侵略的历史，赞美日本的殖民政策，是现在日本历史修正主义的始作俑者之一。

得担心："写这种东西有人待见吗?"

所以，一旦动笔又让我深感不安。可是，即便如此，我还是决定试着写出来，这才对得起自己的所作所为。

我知道自己写不出文采飞扬的文章，但还是恳请读者能耐心地读下去。

目　录

Chapter 1

第一章 谢罪碑

◇父亲的遗言

◇父亲的肖像

◇追寻父亲的过去

◇寻访父亲的战友

◇『为什么没问你父亲？』

◇亲朋去世与上电视的可怕经历

◇立碑

父亲的遗言

那是 1986 年 3 月末的事了。父亲大泽雄吉因长期患肝硬化弥留在病床上。那时我在东京的初中任教，为了照顾父亲，在那一个半月里跑了好几次群马县的医院。

孩提的印象里，父亲体重差不多有 20 贯（75 千克），头顶几乎都秃掉了，我幼小的心灵里总觉得父亲的样子很丢人。曾经壮硕的父亲现在因为生病的缘故，特别是抽了几次腹水后，就一天天看着憔悴下来了。据和父亲一起居住的二哥说，父亲因为不放心新房子的石院墙，在大风天里修墙时耗尽了体力，身体一下子就垮了。父亲病情虽然已经严重恶化，但是这一两年病情还算平稳，能如他所愿回家休养了，可是他生性好动，心里有什么事就立刻起来办，根本不听家里人劝。

父亲那时已经很衰弱，从（医院）大房间搬到了双人间。有一次，他伸出因打点滴而布满紫色斑点的手臂，从枕边拿出一张小纸条后对我说：

“喂，我死后把这个刻在我的墓碑上啊。记住，拜托了哟。”

父亲说得很平和。我草草浏览一下纸条，随口答应：“嗯，好的。”

或许是因为父亲的语气平常，也可能是纸片上没有特别刺激我的字眼，我们都没再多说什么。

父亲看起来好像松了口气，就又睡着了。

“我在旧军队服役十二年零八个月，其中有十年作为驻中国的陆军下级干部（原宪兵准尉）辗转服役于天津，北京，山西省的临汾（今山西省临汾市——译者注）、运城（今山西省运城市——译者注），旧满洲①的东宁等地宪兵队。我参加了侵略战争，为对中国人民做出过的种种行为感到无比悔恨，在此深深道歉。”

也许是因为从小就知道父亲对参加那场战争的悔恨之情，我当时并没觉得这段话字面上有什么不合适的，也没能意识到把它刻到墓碑上在日本社会里意味着什么。

---

① “满洲”这个名称从 17 世纪开始被用来称呼满洲民族的居住地；满洲作为民族称呼，旧指满洲族（今称“满族”）。本书中皆指“伪满”，即日本占领中国东北后在此建立的伪满洲国，地理位置包括辽宁、吉林和黑龙江三省全境，内蒙古东部及河北省承德市（热河省）。

我当时很随便地答应下来后，心思立刻就转到别的事上去了。父亲的病情愈加恶化，意识混乱，总说胡话。他只是喊姑姑（父亲的妹妹）的名字，却一次也没有喊过我的名字。这对我是很大的打击。我一直以为自己平时最受父亲的疼爱和赏识，弥留之际他却不叫我的名字，让我有种遭到背叛的感觉。

后来想想，也许那时父亲的意识回到了童年。以前父亲曾跟我回忆往事，“爸爸玩物丧志弄得一家人穷困潦倒，卧病在床的妈妈病情恶化时也没钱请医生。妹妹看不下去了，就光着脚跑去医院。为了把妹妹叫回来，我也边哭边跑地追了出去”，这也许就是父亲记忆的原点。他一定是在梦里喊妹妹回来。

接下来，父亲整夜呻吟“好热，好热”，仿佛生命之火即将燃尽，被转移到单人病房后不久就去世了，享年 71 岁。

去世的前一年，与外孙们一起扫墓的父亲大泽雄吉

告别仪式结束后，我没时间悲伤，当晚，我们就回到了埼玉[①]的家里。正值新学期开学之际，丈夫和我都必须去学校教课。我当时 39 岁，在初中教社会学科[②]，也是初三班主任。丈夫是高中老师，大女儿上初一，二女儿刚上小学四年级。

那以后，我曾在一次讲课告一段落后，拿出父亲的遗言给学生看，向大家说明战争留下的伤痕无论到何时都不会消失。可是当时太缺乏想象力，我自己都没能体会父亲留下遗言时的心情，所以感到我讲的也没能在学生心中留下什么痕迹。

记不起是什么时候的事了，一次回农村老家的时候，我向二哥询问起遗言的事情。我这时才吃惊地发现，不只是我，二哥还有东京的伯父都接到了父亲的写有相同内容的纸条。（大哥因为对父亲的强横作风不满，那时和他比较疏远）

二哥随父亲，有点胖，半开玩笑地说道："钻进那个墓里的可不止老爸哦。我和孩子们将来也得钻到那里面去啊。我们又没干啥坏事，这多闹心啊。你倒好，将来进别人家的墓[③]。"

"那怎么办？就这么置之不理？这样好吗？不大好吧。"

"你还真啰唆。这是我和伯父商量后决定的！就这么定了！这不也得顾及左邻右舍怎么看咱们啊。别人家老人都不吱声，干吗

---

① 埼玉：指埼玉县，在东京都北、群马县南。

② 社会学科：日本中小学的人文社科类课程的总称，主要包括历史、地理、公民教育（伦理和社会常识）二门课程。下文作者所说担任的历史课即社会学科课程之一。

③ 日本习俗，家族共用一块墓地和一块墓碑，墓碑正面大多书"××家历代之墓"。男子死后骨灰会被埋入家族墓地，女子出嫁后去世则入夫家墓地。

就咱家老爷子非得这么做呢？没道理啊。这事就别再提了！”

二哥就此强行把话头打住。他这人性子轻佻加顽固，这点很像父亲。姐姐或者妹妹跟他聊的话也许更能谈得开，可我跟他总是聊不下去。二哥本性虽然很温和，但不好意思流露真情，总是板着个脸。

这次简短的谈话后，我没法更强硬地主张了，因为哥哥说的也有他的道理。说来也是，凭什么只有父亲一个人认错，想想确实不可思议。比父亲爬得高的那些人没有负起过应负的责任，其他的原日本兵不也对自己所作所为缄口不言么？为什么只有父亲非得老老实实谢罪？怎么想都不合情理。

而且的的确确我不进家族的坟墓，所以虽然作为被托付遗言者之一有权说出自己的意见，但归根到底不是当事人。

这么一琢磨，我也就不想再多说这件事了。

还有，其实二哥的心情我也能理解。农村的风气虽然粗犷淳朴，但是也很守旧，且生活容易受他人的干涉。立这么一座谢罪碑是否有些越出常轨了呢？二哥继承了父亲的店铺，也许担心影响生意。

我整理了一下当时事情的经过，大致就是上面写的这个情形。

父亲的肖像

虽然心里想着（父亲的遗言）这么放着是否合适，但是每天奔波于家庭和职场，日子就这样一天天地过去了。四年后，也就是 1990 年春天我辞去了教职。一方面是身心俱疲哪儿都不舒服，另一方面也是想去做些教学外自己喜欢的事情。这念头一起我就当机立断，很快把工作给辞了。

女儿们很开心，因为妈妈每天都能在家了。丈夫也因为自己承担的家务减轻而松了一口气。我呢，工作日去超市买东西的时候，想想大白天的不去上班干这个，心里倒有些内疚和不安。

前半生一直以来计算着分分秒秒，整日忙忙碌碌。一旦从这种生活中解脱出来，脑子里就开始惦记以前没工夫处理的事情。我最在意的还是父亲的遗言，不知该如何处理才好。

父亲是彻头彻尾的理性主义者，既不信神也不信佛，还喜欢没事傻逗乐。他这人说话招周围人反感也不在意，曾经笑着说道：“人死如灯灭，脑子都腐烂了还有啥魂儿。死者的灵魂在盂兰盆

宪兵时期的父亲

节[①]和彼岸节[②]回家什么的，都是没影儿的话。那种节日不过是活着的人为能吃顿好的而找的借口。”家里倒是有个简陋的佛龛，但是从没见父亲对着它双手合十祈祷过。

父亲既然看得这么透，为什么又会留下那样的遗言呢？不是说人死了所有的记忆就都没了吗？

仔细一想，我才发现原以为自己比任何人都了解父亲，其实并非如此。我对父亲究竟了解到什么程度呢？我开始试着回忆起

---

① 盂兰盆节：在阴历七月十五日前后。来源于佛教，日本人会在这时还乡祭祀祖先。

② 彼岸节：一年两次，在春分和秋分前后。来源于日本佛教特有的净土思想，日本人会在这时给自己的祖先扫墓祭奠。

往事。

父亲 1915 年（大正四年）出生，在家中的男孩里排行老三。当时家里还算是中农，可是祖父迷上了养马后，一家人不得不过起了贫困的生活。父亲因此没能上初中，而是自己发奋考取了可领高薪的宪兵队，长期驻留中国。母亲和父亲是亲戚，从小青梅竹马。母亲为了支撑没落的娘家作为从军护士也去了中国。两个人回国举行了婚礼后，便一起奔赴父亲部队所在的中国东北。母亲在那儿生下了大哥，战败的当口，拖着怀孕的身子，带着大哥回到了日本后，才生下的二哥。父亲则是战败时在当地被俘，后来逃回了日本。

我从亲戚那里打听到的就这么多。小时候看过一些他们战争时期的照片，我现在只记得这么一张：左边是穿着军装的父亲，右边是绾着发髻的漂亮的母亲。大哥那时还是个秃瓢儿，被父亲抱在怀里，傻乎乎地拿着个葱花头。

我所知道的也就这些了。也许有人会说，对自己父亲的过去这么不了解，亏你们还在一起生活过，可我觉得父母子女之间的关系本来就是这个样子吧。

另一方面，我懂事后所了解的父亲，可是个不好相处的人。

我四五岁的时候，家里在县道边上开了家卖和服和洋装的小商店，父亲信奉薄利多销，一天到晚在店里忙活。好在那时村里卖洋装的商店比较少，家里生意日渐兴隆。父亲虽是个典型的方正人，但因为喜欢听单口相声和说俏皮话所以常常能逗得人发笑。

他很中意深泽七郎[①]那股子怪里怪气的风格，也喜欢今东光[②]。父亲即使再忙也会一丝不苟地阅读《中央公论》[③]，非常喜欢讨论政治。除此以外别无他好，不沾烟酒，顶多也就是喝点汽水。

父亲在村里还算有些人望，曾经成立了工商会并长期任会长。

那为什么说父亲不好相处？这是因为他正义感太强，是个彻头彻尾的完美主义者。他又用自己的高标准要求别人，就造成了跟邻里的矛盾。

我上小学二年级时，一次有个人醉醺醺地嚷嚷着闯进了店里。父亲想成立个“儿童会”，而把之前村里一直举行的“道祖神[④]祭”给取消了。一直以来村里的“道祖神祭”都由孩子们自己来组织，因闹出过火灾，所以父亲就叫停了。那人对传统的仪式被取消耿耿于怀，于是借着酒劲来抗议。父亲也寸步不让，于是两人大打出手。虽然最终“儿童会”还是成立了，但是父亲打架的身影却深深地印在了我的脑海里。

还有一次，我上高中的时候，家里扩建店面，当时除了工匠师傅还有很多亲戚家的男人们也来帮忙。有个人用混凝土加固了外面的地面，父亲嫌地面上有那么一丁点儿的凸凹不平，就自己

---

① 深泽七郎（1914—1987）：小说家。其代表作《楢山节考》刊载于《中央公论》（1956年11月号）。

② 今东光（1898—1977）：僧侣，小说家。作品《斗鸡》刊载于《中央公论》（1957年2月号）。

③ 《中央公论》：日本的月刊杂志，创刊于1887年，原本以发表文学作品和评论为主，兼顾政治时评，政治上为中道左派，近年被《读卖新闻》收编后，转变为亲美保守的右翼政论杂志。

④ 道祖神：日本村落的土地神，保佑当地五谷丰登，祛病息灾。

用泥瓦刀给全部返工了一遍，弄得大家都没好脸色。他这人老是干出这种事儿。

我们家真的很可悲，一天到晚吵架不断。

首先父母关系就不好。母亲跟父亲不是恋爱结婚的。这在以前很平常，不过父亲可能因此常常感到焦躁不安。我还记得小时候母亲有次离家出走，过不多久她回来后父亲挨家挨户去道歉："给您添麻烦了。"他们一直吵着架过日子，我们小孩一点办法都没有。

父亲是那时少见的"教育虎爸"，附近的医大学生开了个补课班，他就半强制地把哥哥们送去上课。父亲一天到晚没完没了地唠叨"学习、认真、细致、工作"，搞得哥哥们跟他的感情越来越疏远，逆反心理越来越强。反倒是我在学校的成绩还可以，父亲的期待就都落到了我身上。

就这样我们家随着孩子的不断成长，父母孩子之间的关系越闹越僵。大家各怀心事，整得家都不像个家。虽然有时候大家能气氛融洽地坐到一起嘻嘻哈哈很开心，但却因为不知道好气氛能持续到什么时候，反而让我觉得惴惴不安。

现在想来，父亲应该是想把自己没能实现的梦想托付给孩子们，才会有那种对教育的热情。但他是那么的固执，那么的高压，他那种不正常的热情到底是从哪儿来的呢？这个后面我还要再分析一下。

追寻父亲的过去

一直被搁置的遗言，一天天地不断爬上我的心头。

虽然也知道“父亲已经不在人世，不可能知道这边发生的事”，可我心里就是没法踏实，因为没有完成与父亲的约定。但是如果同样是约定，纸条上写的是别的内容会怎样呢？要是父亲作为军人升迁的记录、授勋的记录之类的内容我还会在意吗？二哥也会说那就没什么大不了的而同意刻碑，我也会接口说“刻不刻都随便”，不刻碑也不觉得有什么挂心了。

然而父亲谢罪的遗言是这样的直抒胸臆，我被其中的“事实”所压倒，心灵深受震撼。

我开始试着回忆起从父亲那里听到过的有关那场战争的话。以前父亲常把我抱在腿上给我讲过去的事情。

旧满洲的冬天冷得出奇，刚撒出的尿马上就冻住了，能画出一道冰弧。中国人见面问“您吃了吗?”只是在打个招呼。他还教过我几句汉语，但是我全忘了。

还有医院的故事。我不知道父亲有没有住过院，但是他曾经夸奖道：“那个时候中国勤杂工负责把日本兵的饭菜从厨房送到病房，途中无论他们有多饿都不会动那些饭菜。他们真的非常诚实。”

父亲还讲过一个少年的故事：有个少年被拉去在父亲的宪兵队负责煮饭，有一天用柴刀把自己的右手给砍了下来。我问过他这样做的缘由，他说：“母亲一个人在家里卧病在床，我不回去的话她就只有死路一条。我想着如果右手使不了，就在这里顶不上用了，那大概就能放我回家吧。”部队的上级说那就杀了他，而我为了救他到处奔走。再往后的结局也可能是父亲没说，也可能是我忘了。

父亲应该还说过很多往事，可我记得清楚的就这么多了。

父亲让我看过弗兰基堺的《我想成为贝壳》①，还逼我去镇里的电影院看了五味川纯平②的《人间的条件》。时至今日我仍然记得，扮演主人公妻子的新珠美千代慢慢褪去衣服的场景，还有主人公梶被长官用皮拖鞋抽打的恐怖场面。我还记得父亲边读原作边流眼泪，好像是读到了最后上等兵梶被大雪埋没逐渐死去的那一幕。父亲也曾两度逃亡，可能是对梶的人生感同身受吧。

父亲还推荐了深泽七郎的《楢山节考》。后来听父亲说，主演

---

① 《我想成为贝壳》：根据前陆军中尉加藤哲太郎的遗言改编而成的日本电影（全长 92 分钟），由弗兰基堺（本名堺正俊，1929—1996）主演，描述一名理发师被强征入伍，战后作为战犯被判处死刑，刑前留下遗言，如有来世再也不愿转生为人，而情愿“成为海底的贝壳”。

② 五味川纯平（1916—1995）：作家，曾应征入伍在中国东北服役。1945 年 8 月其所属部队几被苏军全歼，只有五味川等几人得以逃生。回国后他根据自己的体验写成的小说《人间的条件》，销量达 1 300 余万册，后被改编成电影，分六部全长 9 小时 31 分。

田中绢代为了演好剧中的老婆婆把自己的前牙都拔掉了，让我着实吃了一惊。小学六年级的时候，父亲还推荐了一部电影《菊与勇》。我最近才知道，饰演女主角阿菊的高桥绘美和我同岁。

就这样，父亲不断地把自己觉得好的作品推荐给我们，还会谈起自己的感想。像林芙美子的《放浪记》啦，川端康成的《雪国》里的驹子啦，还有深泽七郎的《风流梦谭》①。父亲似乎从皇族的脑袋被砍落在地的场面得到一种快感。我觉得这是因为他对战争最高责任者还能稳坐原位抱有很大的不信任感。父亲虽然笑着说美智子殿下②只是日清制粉这家“面粉店家的女儿”，但是始终没能消除对皇室的不信任感。媒体报道昭和天皇（即裕仁天皇，昭和为年号——译者注）对海洋生物颇有造诣而闹得沸沸扬扬的时候，父亲嘴下也毫不留情：“他不过是在叶山海滨③游泳的时候，从海里带出一堆鱼蟹小虫之类的破玩意儿而已。”总之，是怎么看都不顺眼。

也许父亲是想说自己跟悠闲度日的天皇相反，每天都生活在痛苦之中吧。我小时候，父亲常被梦魇缠身。哥哥们一直睡在二楼，我直到上小学二年级时还睡在父母的身边，晚上时常会被父

---

① 《风流梦谭》：小说，刊载于《中央公论》（1961 年 11 月号）。小说中有皇太子和皇太子妃被斩首、天皇皇后无头尸体等对皇室不敬的描写。发表后引发了文坛的大论争，后导致右翼团体袭击杂志社，右翼少年 K 潜入杂志社社长家中杀死两名女佣，震动朝野。

② 美智子殿下（1934— ）：日本现皇后（现称陛下），日清制粉社长之女。1959 年成为皇太子妃，出身平民的妃子在当时尚属罕见。

③ 叶山海滨：位于东京附近的神奈川县叶山町，是著名的海滨胜地。

亲的梦里呻吟所惊醒。母亲总会说“一定又是梦见中国了”。我后来也搬到了二楼，但是为了备战高考，就又跑到楼下放暖炉的房间，于是乎又听见睡在隔壁的父亲梦中的呻吟。那时我虽然没怎么在意，但是现在真的很想知道他到底做了什么样的梦，特别是好几次都听到他叫喊：“救命啊，要掉下去了，要掉到洞里了！”

我从小就黏在父亲身边，耳濡目染，也就把他的想法给照单吸收了。

我虽然对那场战争整体上抱有强烈的抵触情绪，却全然不知父亲在战争中去过哪里、到底陷得有多深。母亲也已经过世，无法去问她了。我心里总觉得缺少一种看得见摸得着，能让我满意的答案：“父亲在中国犯下了这样那样的罪行，所以现在才要谢罪。”这让我非常苦恼。

于是我辞职以后，去拜访了父亲的二哥。

父亲的老家是大伯父继承的家业，但是他已经去世了。现在应该是父亲的二哥（我的伯父）最了解情况了。

伯父一家在我还小的时候就搬到了东京，大概因为是在农村老二不能继承产业，所以只能到大都市寻求活路吧。他到东京后先在老城平民区的一家旅馆打工，吃苦流汗，发家致富，换来了一家现在安定富裕的生活。也许是因为伯父只有在家里办红白事的时候才回农村，所以我跟他不是很亲。但是伯父与父亲不同，性情很温和，我结婚后，他还特意来我们家贺喜。

因为我听二哥说过伯父也反对刻碑，在和丈夫一起去拜访住在东京的伯父时多少有些惴惴不安。伯父、伯母和他们的儿子、儿媳以及孙子们在家里热情款待了我们。伯父同样热衷于教育，这点和父亲很像。

那次拜访后，伯父就常常打电话同我说起父亲和自己的往事。

伯父比父亲大两岁，小时候两人经常打架。父亲小时候很勇敢又能忍，做事总是冲在前头，还当过孩子王，并且和祖父一样喜欢马。伯父由于身体病弱在家主要负责做饭，而父亲身体健壮就负责力气活。伯父虽然被强征入伍参加了宪兵队并去了中国，但是因为讨厌那些残暴的行为，所以就找机会逃回日本了，据说是在战争结束之前自己离开宪兵队的。在前线宪兵队要争夺战果，流行做虚假的战报，据伯父说他从没做过这些事。

后来伯父又跟我讲起前线的故事。

"'卢沟桥事变'的第二年（1938 年），我在北京宪兵队负责处理日常事务，在天津宪兵队服役的弟弟有一天突然身着便装出现在我面前。我的上司听说弟弟是请假来的，就也放了我的假，我们两个人就一起去紫禁城游玩了。虽然当时紫禁城不开放，但是我们凭借宪兵队的特权打开门进去悠闲地参观，那是至今难忘的记忆。"

伯父还写了一首短歌："儿时打过架的弟弟来到前线，我们再次相逢在紫禁城的春天。"

伯父还告诉了我一些战后从父亲那里听到的事情。

"弟弟一知道战败了，就摘下了宪兵的徽章混入了步兵的队伍中，撤退途中与队伍走散，后来被苏联军队抓住并被关进了拘留所。他忍受不了残酷的审讯和混着麦芒的大麦饭就逃跑了。我不知道他是怎么弄破铁窗的，总之说是往朝鲜那边逃。当时他可能是想去清津（今朝鲜民主主义人民共和国咸镜北道的首府——译者注），但是又被逮住，而后再次逃亡。一年后他终于得以旧满洲日侨的身份回到国内时，浑身上下都黑得要命，衣衫褴褛，背包也破烂不堪，还严重营养不良，大概有半年都晚上小便失禁。我们县出去的宪兵里，他可能是吃苦吃得最多的了。"

对于伯父来说，父亲是他的宝贝弟弟，所以父亲遗言的这档子事，他是这么说的：

"弟弟太善良了，大概是为部下做的事道歉吧。可是要把道歉文刻在墓碑上的话，别人就不会这么想了。这种事儿真还是只有去过前线的人才明白。"

被伯父这样一说我也就犹豫了，但又模模糊糊地觉得好像不是这么回事。

父亲要是自己没做过什么坏事那当然好，可是那样的话他应该不会想到要刻碑。就算父亲没亲自动过手，要是曾经命令部下做过的话，那不也一样吗？还有，伯父厌恶宪兵的工作，干了三年就自己退伍；父亲却是志愿成为职业军人并一直干了十年宪兵的，我想这里头情况是不同的。

可是我也没有底气跟伯父说这些话。虽说他那句"没打过仗的不会明白"把我噎得无法反驳，但那也确实是他的亲身感受，我也就不好说什么了。

伯父非常诚实地把自己知道的事情都告诉了我，可他好像没有问起过父亲究竟做过什么事。也可能是他们两个心有默契，谈话的时候绕开了这个话题。我虽然想知道父亲究竟在哪儿做过多么残酷的事，结果还是一无所获。

这次趁着回乡下，又拜访了继承父亲老家家业的堂兄，还有姨妈们，问问他们那里有没有什么战争中的线索，可是没有得到什么确切的消息。

辞职以后，我有了充足的时间，就去区里的图书馆把“全国宪友会联合会”出版的《日本宪兵正史》从头到尾看了一遍。书中虽然收录了主要的作战任务，但是对宪兵的定位是“为国家而战”，这使我不大满意。

反倒是偶然读到的“中国归国者联络会”[①] 出版的《我们在中国做了什么——原日本战犯记录》（新风书房）一书让我深受感动。居然有这样一个团体，每个成员从心底里忏悔自己的所作所为，并且公开为战争作证，使我吃惊不小。

正好那年（1990 年）的 8 月日本电视台[②]播放了纪录片《一个战犯的谢罪》。山形县有一位原宪兵名叫土屋芳雄，在战争中镇

---

① 中国归国者联络会：简称“中归联”。曾被关押在中国抚顺战犯管理所的日军战犯，经过改造被释放回国后于 1957 年成立的组织。致力于敦促日本反省侵华战争和推动中日和平。由于其成员作为旧日军官兵通过自身经历对日军侵华罪行做出了种种证言，所以被日本右翼和保守团体视为眼中钉肉中刺。

② 日本电视台：英文简写 NTV，为读卖集团属下全国范围的电视台。

压过 1 900 多名中国人，纪录片讲述他去被处刑的抗日革命者亲属家里谢罪的事情。死者家属们那严肃的神情和土屋先生双膝跪地泪流满面的身影深深打动了我。我觉得父亲也是想这样来道歉的吧。(土屋先生于 2001 年 10 月 30 日去世了。)

我立刻给山形县那边写了封信，很快就收到了回信。土屋先生也是中国归国者联络会的成员，在各地不断为战争作证。信里写到，有一次一位年轻的母亲指着土屋先生跟孩子说："那个叔叔在战争中杀了好多人，是个很可怕的人哦。"

即使这样，土屋先生仍毫不气馁地继续作证，他的勇气到底是从哪里来的呢？父亲一定是害怕被这么指着后脊梁吧。我认为战后父亲身边没有能交心的战友，乡下也没有悔罪者们的集会，使得父亲只能一个人面对过去，也就没能像土屋先生那样鼓起足够的勇气。

我在土屋先生发行的通讯刊物中刊登启事，询问有没有人认识我父亲，可是没有结果。

还有，我经别人介绍去了趟位于东京惠比寿①的防卫厅（现防卫省——译者注）防卫研究所图书馆。一听说是防卫厅我很紧张，但是实际上谁都可以进去。我在那儿拼命地查找有关宪兵的史料，却一无所获。我觉得奇怪就去问了一下职员，得知联队②都是按照驻地来编成的，史料比较容易编纂；而宪兵则接受的任务各有不

① 惠比寿：东京地名，位于市中心南部。
② 联队：旧日军的编制名称，大致相当于我国的团或旅的编制。

同，所以没有汇总的史料。这让我非常失望。

我想起一件事情：父亲从前参加过争取退伍军人养老金的运动。我觉得从这里也许能找到什么线索，联系了县政府后收到了一份父亲写的履历书复印件。一看确实是父亲那令人怀念的笔迹。我虽然说不上他的字好看还是难看，但是写得很认真很仔细。

果然如伯父所说，父亲 18 岁主动申请入伍成为志愿兵，在齐齐哈尔待了半年，回国后参加了宪兵考试并合格。

接着父亲于 1937 年（昭和十二年）的夏天去天津宪兵队赴任。那是在北京“卢沟桥事变”刚发生不久。然后他去了山西省的临汾，再后来被调到北京。

1943 年的春天，父亲去旧满洲的东宁宪兵队的石门子（今黑龙江省东宁县大肚川镇石门子村——译者注）分遣队赴任。在那里待了两年半后，1945 年的 8 月 1 日父亲接到命令被派去东宁南边的珲春（今属吉林省延边朝鲜族自治州——译者注），在那里 8 月 15 日迎来了日本战败，三天以后被苏军解除了武装。

再往后写着“移动至朝鲜富宁（今朝鲜民主主义人民共和国咸镜北道中心部——译者注）”，这其实就是父亲的“逃亡”路线吧。接着是“被引渡给八路军在敦化（今吉林省延边朝鲜族自治州敦化市——译者注）从事土木工程工作”。我这才知道父亲被抓到后送到了敦化。那以后父亲好像再次逃亡了，不过履历上只写着“1946 年 8 月到达吉林”，10 月经葫芦岛回到日本的博多。这份履历让我基本掌握了大致的线索。

就在这时，从伯父那里听说原宪兵的组织“全国宪友会联合会”出版了名簿，我就从住在群马县的一个老妇人那里借来了这厚厚的册子。这位老妇人的丈夫原先也是宪兵，已经去世了。

1985 年出版的《新全国宪友名单》里记载了 17 000 人的名字，约占战败时 36 000 名宪兵里的一半，并标注了每一个宪兵的住处、职业，以及应征时间、入伍时所属部队，还有最后服役的部队。我翻到第一页的最后找到服役部队的记录，从上往下数——

中部宪兵司令部①、徐州、菲律宾的圣何塞、北支特警②、扬州、罗子沟（今吉林省汪清县罗子沟镇——译者注）、西里伯斯（Celebes）、哈尔滨、大田、奉天（今辽宁省沈阳市——译者注）……

我一页页地翻阅下去，心中充满了一种无法言喻的情感。

我说不上来具体的感受，总之是感到自己终于真正开始直面战争了。我原先自以为懂行，说起“日本宪兵”，一句话“宪兵嘛，就跟军队里的警察一样，还负责纠察思想作风的工作”。现在仿佛突然间宪兵一个个地站在了我面前。我仿佛能从那 800 多页的橘黄色书籍里听到 17 000 名宪兵的呼吸，心怦怦跳个不停。

“你们每个人，什么时候，在哪里，执行过哪些作战任务？你

---

① 中部宪兵司令部：旧日军宪兵之一部，主要负责管控京都、神户、奈良等本州岛中部地区。

② 北支特警：即北支特别警备队，从属于旧日军北支那（“支那”为日本当时对中国的篾称）方面军，负责监视、管控中国北部日军占领地区。

们对多少人下过手？镇压过多少人？战争在退伍后的人生里投下过阴影吗？你们做过的事情，现在还会回顾吗？跟谁告白过吗？要知道，你们的所作所为积少成多，构成了那场战争中相当大的一部分啊。”

以前我因为教社会学科的历史课读过很多有关战争的书籍，也曾经让学生们去阅读“活着的教材”，就是让他们向自己的祖父母询问战争体验。但是，从这本书里，我体会到了跟从前完全不同的真实感。

寻访父亲的战友

我逐页翻看了这本宪友名册。名册里仅记载了最初和最后服役的地点，我重点查看最后的任职地点。我看到东宁及其周边地区的地名后，就把该人的电话号码抄下来拨通号码。我这边其实也很紧张，贸然打电话过去，对于电话另一端的人而言，我是一个素不相识的人。但是，这么联系了十来个人后我就烦了。这些人有的已经去世，有的卧病在床，有的已经搬家了，还有的说你是不是打错电话了，让我觉得有些徒劳。

之后几天，我还是坚持这样一个人、再一个人地打电话，到了第 25 个人左右的时候，从其中一个人那里收到了一张明信片。凭借那人提供的线索，我幸运地找到了父亲的两个战友。

一位是家住青森县的 A 先生，日本战败时他在东宁的石门子分遣队服役。

我欢欣雀跃地按照明信片上的地址给他写了封信，四五天后收到了回信。信是他夫人写的，“收到来信很是吃惊，但是也很开心，本想马上给您打电话，可是又害怕我东北口音①太重您听不明白，所以还是给您写信了”。信上写道：“我丈夫病重，我就把听他说过的事情写给您。”

“我丈夫称呼您的父亲为班长，说他是个很温和的人，从不胡乱欺负中国人，很体恤部下，人很好。我丈夫喜欢喝酒，所以老受您父亲的关照，给他添了不少麻烦。我丈夫说，班长 1943 年赴任的时候带了一架手风琴，经常拉给大家听。那时候班长夫人有没有同行记不得了。我丈夫曾经怀念地谈起，有一次到附近的池塘游泳，班长笑着说‘A 你会游泳么’，我丈夫从孩提时就常在津轻海峡②游泳，所以就跟班长说：‘你看着我给你游一个！’丈夫游完后，班长连说‘不好意思，不好意思’。”

信上还说，A 夫人于 1945 年 7 月从日本来到了丈夫所在的石门子，8 月接到命令转移到敦化，在那里迎来了战败。自己当时虽

① 这里指的是日本的东北地区（包括青森等县）方言口音，其中津轻方言是日本最难听懂的方言之一。

② 津轻海峡：隔开北海道和本州最北端（青森县）的海峡。

然跟丈夫不在一起，总算翌年 10 月得以回国，A 先生则在一年后复员。

A 夫人的信让我略微松了口气。听起来父亲不是那种穷凶极恶的人。不过也许是因为过了半个世纪后老上级的女儿来询问，对方照顾我的心情才这么回复的。

还有一位宪兵住在名古屋附近，原先是石门子分遣队的队长。我给他发了一封信，把父亲的遗言也写了上去，很快便收到了队长夫妻的回信。信上写道："路虽然有些远，但是如果可能的话，还是希望您能来一趟。"于是，我和丈夫便利用春假①去了趟名古屋。那是 1991 年的事情了。

队长家经营纺织业，现在家业由儿子、儿媳继承。队长已经快 83 岁了，依然精神矍铄。夫人的脚不太好，但儿孙绕膝很是幸福。

我们拿出父亲和母亲年轻时的照片给他们看，两人的眼里都浮现出泪花。他们说早都不记得（我父母）长什么样子了。"在被苏联军队发现之前我们把所有的相关资料都扔了，所以回国后也不知道队员的住址。"

"我们俩经常谈起大家现在都怎么样了。"

望着他们那泪眼模糊的样子，我不禁想到要是父母在这里该多好啊。

看到父母上了年纪后的照片，他们两人小声嘟囔"真想在他们

---

① 春假：日本学校一般在 2 月中下旬—3 月 31 日放春假。

活着的时候见一面啊”，脸上现出寂寞的神色，仿佛一下子苍老了许多。

夫妻二人你一言我一句讲起了对从前的回忆。

“石门子分遣队的宿舍有五栋。我是 1944 年的 12 月赴任的，那时你父母、青森县的 A 先生，还有 B 夫妇和 C 先生已经一起住在那里了。东宁是在苏联国境边上的军事要地，有地下要塞等军事设施。宪兵的主要任务是对苏的谍报工作，但是基本上没有什么大事。有你父亲辅佐，工作进行得有条不紊。”

队长话音刚落，夫人又怀念起了往事：

“石门子那儿山连着山，每年从 5 月中旬到 8 月铃兰之类的花竞相开放，美不胜收。接着秋天还没见着，一眨眼就到冬天了。那儿也没啥厕所，就把冻成冰块的粪尿，在雪融化之前用铁棍打碎后搬到农田埋在地里。虽然日本国内连吃的都没有，但是旧满洲的兵营里物资丰富，小卖部里啥都能买到。”

队长又接上话茬：“对了，昭和二十年（1945 年——译者注）的正月大家去神社参拜，我还致了祈祷词。我记得元旦那天，大家都聚到我家庆祝，第二天又都跑到隔壁的你父亲家里。餐桌上还摆了一整条带头尾的鲷鱼①，那可真够丰盛的。”

夫人又回忆道：“你哥哥那时应该还不到一岁，你母亲说小龙虾油炸很好吃，我是没见过她做，不过听着就觉得恶心。你母亲

---

① 鲷鱼：又名加吉鱼，在日本属于高级鱼，价格昂贵。日本习惯在重大喜庆日子用带头尾的整条鲷鱼来庆贺。

他们幸好在战争结束的20天前回国了。那之前B的夫人和女儿也一起回来了。其实我那时也回来就好了，可是丈夫刚从南方战线[①]回到满洲，我们久别重逢才刚住到一起嘛。”

队长接口道：“说起来你母亲回国的时候炸了很多江米条作为储备食物准备带走，还分了一些给我们。可是船迟迟不开，你父亲就又跑来朝我们要。”

他们两个人仿佛一下子打开了话匣子，有说不完的话。

苏军打进来后，队长本来要被押往西伯利亚，由于在南方患上的疟疾复发，所以在牡丹江被遗弃了。他在那里的医院遇到了认识的医生，得救后回到了日本。而夫人则是和青森县A先生的夫人一起逃难，因为害怕苏联兵剃了个光头，跑到一家日本人开的洋装店住下，一年后得以回到博多，因为营养失调肋膜也出毛病了。

队长一边叹息一边说：

“五年前C先生来过这里，说B先生已经去世了。之后很快C先生自己也过世了。再后面就是你的父亲去世。青森县的A先生按他夫人的说法也是患了重病，我年龄最大，反倒还活这么长，真的很过意不去。”

我全神贯注地听着队长夫妇的话，但是他们却没有提及信里我所询问的事情。他们不肯透露石门子到底发生过什么样的事情，有过哪些作战。不久队长的儿子、儿媳端来了精心准备的晚饭，我们便享用了这顿美餐。

---

① 南方战线：指菲律宾周边东南亚战场。

之后他们的谈话里也没有提到父亲。我问道：“父亲在石门子没做过什么事情吗?”队长只是说“没有，那里是边境，没有什么大不了的事情”，马上就转移了话题。

夫人拿出专门准备好的被子，我们在他们家过了一晚。第二天早上告别的时候离愁满怀，大家心照不宣，都知道恐怕今生再无相见之日。后来队长的儿子带我们参观了“明治村①”，在那里度过了愉快的半天后我们就踏上了归程。

通过这次旅行，我见到了两位宝贵的证人，他们了解我出生前在战地的父母。在此之前我实在太迟钝，手里拿着父亲的谢罪文却不得要领，这次多少有了些真实感。

但是很遗憾，我还是没弄清父亲做过什么。

不仅仅是在石门子，父亲十年的宪兵生活到底残害过多少人呢？100 人？几十人？还是 10 来个人？我觉得推测这些没有意义。有的人只杀过一个人也能认识到自己的罪行而深陷痛苦之中，也有的人即使杀了几十个人也无动于衷。就算父亲直接或间接残害的被害者极少，我就能聊以自慰吗？要是被害者有几百人我又会怎么看待父亲呢？我不愿意自己的想法被人数所左右。

苦恼了半天，我觉得人数多寡还在其次，关键还是要找到事实，来去除心中的迷惘。

我仿佛听到这样的声音：这事儿你到底要纠结到什么时候才是头呢？你就当父亲是为了国家才做的，或是无法抗命迫不得已

---

① 明治村：位于名古屋附近犬山市的室外博物馆（主题公园）。

没办法，不就能解脱了？这些因素也确实非常重要，我觉得不能单纯地责备个人。

父亲肯定是用“为了国家”来强迫过自己做事，有些命令无法违抗也是事实。既然父亲很清楚归根到底谁应该负最重的责任，却仍忍不住要谢罪，那么作为女儿就应该尊重他的意向。

访问队长夫妇后，就没有其他可以调查的资料了，我也就有些松懈了。

过了大约半年，我一咬牙给二哥发了一封信，叙述我追寻父亲的过去，认识了队长夫妇以及 A 夫妇的经过，并请求他能不能再考虑一下（那件事）。但是我却一直没有收到他的回信，后来我每次回娘家时二哥对那件事情也只字不提。

“为什么没问你父亲？”

我没能实现与父亲的约定，时光就这样匆匆流过了。就在此时，曾被强征做“从军慰安妇”（日军性奴隶）的韩国妇女勇敢地站出来实名控告，在社会上引发了不小的议论。

我正忙忙碌碌的时候，在新闻上看到了让人惊喜的报道：“日本战争责任资料中心”成立了。我就给负责人荒井信一先生发了封信，询问有什么能帮上忙的。我把父亲遗言的那档子事也写在了信上，荒井先生把它收录到了自己的一篇论文里。

以此为契机，1995 年夏天我接受了精神病理学者野田正彰先生的采访。

他问我答，我很诚实地讲了两个小时。在访谈差不多结束时，我被问到：

“为什么你在你父亲活着的时候没问他呢?”

一开始我怀疑自己的耳朵听错了。

我当时的感受就是：咦？你问为什么？你这大夫说什么呢？

我从没想过这个问题，冷不丁被这么一问一下子噎住了。不过幸好野田先生并没有继续追问。

这个问题从此就在我脑海中挥之不去了。

我为什么小时候没有问起过父亲在战争中干过什么呢？到底为什么呢？我没问过父亲任何具体的情况，却认为“父亲已经对自己参加那场战争悔悟了这就行了”；又或者是觉得“父亲悔悟了，所以是个有良心的人，那么即使亲手做过什么也一定不是什么大不了的”。

再仔细一想，我不但从来没对自己的父亲动过询问过去这种念头，对朋友的父亲也没有过这想法。我虽然听人说过类似“那孩子的父亲曾经在军队当大官，可是战争中把什么都弄没了又回到老家”这样的话，可从没听到过“那人在战争中做过这些那些事”的流言。

我自己也从来没被朋友问起过父亲的事，或者因为“你老爸是宪兵啊”的原因而被欺负过。如果有过那种经历，大概我就会去问父亲“爸，你在战争中到底做什么了”。

也许，我就是在这样一个完全没有理由询问过去的氛围中长大的。学生时代，我曾拼命反对过美国侵略越南，却没有把美国兵和父亲挂上钩。在我心里，父亲参战的事已经告一段落了。再一想，我们这个国家不也只是年年过个“原子弹被炸纪念日”“终战纪念日”“空袭纪念日”就完事了吗？尽鼓捣这些个面向国内的纪念日，媒体报道一下就过去了，不是吗？像“九一八事变”（柳条湖事件），7 月 7 日“卢沟桥事变”，还有 8 月 15 日的“亚洲解放日”等不是一直都没有报道吗？

野田先生尖锐的提问刺激了我迟钝的头脑，我开始对养育自己的故乡和日本的现状产生了疑问。

在野田先生推荐下，我阅读了丹 · 巴昂（Dan Bar On，以色列籍犹太人——译者注）所著的一本很厚的书：《沉默的遗产——第三帝国的孩子们与战后责任》（时事通信社出版，1993 年）。心理学者丹 · 巴昂做出了极大的努力，采访了很多纳粹高官的孩子们（被采访时已经是中年男女了）和从德国逃亡的犹太人的子孙。书的内容很沉重，我虽然没有能力吃透全书，读完后还是受到了很大的冲击。

参与屠杀犹太人的纳粹高官所犯下的战争罪行，给他们孩子的人生投下了巨大的阴影。有的人选择逃避，有的人皈依宗教以求救赎，有的人去揭发父亲所犯下的战争罪行。

他们所承受的痛苦是我乃至我周围的人不曾有过的。不，确切地说，也许有过，但我以前还不具备足够的感受力去发现这种情感。

最让我受冲击的，是巴昂在最后尝试让犹太人的孩子和纳粹分子的孩子互相对话。作为受害者一方的巴昂，与加害者一方能够心灵相通，共同面对真实进行对话，我觉得这像是他们共同献上的祈祷。为什么巴昂要挑战这么大的困难呢？“和解”到底意味着什么呢？这又给我留下了一个作业。

野田正彰先生提出的问题以及与这本书的相遇，使我感觉到自己第一次看清了养育我的日本是个什么样子。在这个国家里，正面追究（日本）作为加害者的一面的行为，在大家的心照不宣下成为禁忌。

以昭和天皇为首，本应对那场战争负责的人有意把自己的加害行为给模糊化了。所以父亲那一代人被强征入伍成为加害者的人，原本自己所做的那些加害行为就很难说出口，现在连天皇都在糊弄，那么自己也就糊弄过去了。而认为这种情况正合我意的那些人则深受鼓舞，在媒体报道和教育上做了不少见不得人的勾当。

我自诩在承担社会学科课程时对日中十五年战争①和太平洋战争这一段教得非常认真，还得意扬扬地认为自己可算是汲取了“民主教育”的精髓，其实跟如来佛掌心里自以为是的孙悟空一样。我们不是也像被空气包围一样，周围充满了看不见的禁忌，甚至都不知道身边存在这样的重大问题而浑浑噩噩地活着吗？（不过话说回来，我后来才知道德国也是到20世纪60年代末以后才解禁，此前大家也都只能保持沉默。）

意识到这一点后，我又有了一个重大的发现。

父辈们是被天皇神圣化这一骗局所蒙蔽的一代。作为子女这一代我们一直对此嗤之以鼻，单方面地批判他们“竟然被那样愚蠢的谎言所欺骗”。然而仔细一想，我们自己不也和父辈一样，陷入了“不要追究那场战争加害者的一面”这一骗局而不自知吗？同时我这才发现，当权者是如何动员全国的力量，异常巧妙地做到这一切的。

我终于明白了野田先生所问“为什么你没问过他？”这句话的含义。我自己没有养成足够的洞察力，来看穿日本社会隐藏加害者一面的企图。我跟父亲一样，在各自的时代里随波逐流。没有

---

① 日中十五年战争（中日十五年战争）：日本学者鹤见俊辅（1922—2015）在《知识人的战争责任》（《中央公论》1956年1月号）中提出了这一用语，旨在明确日本对华侵略的连续性。有部分辞典将本用语收入词条。2005年日本发行量最大的《读卖新闻》为纪念战后60年设置了战争责任验证委员会，在连日报道验证成果时也使用了本用语，扩大了其在社会上的认知度。验证结果汇总成书，由中央公论新社于2006年出版，其中文版《验证战争责任——从九一八事变到太平洋战争》于2007年由新华出版社出版。

想去看清那场战争的真实面目，我作为战后一代人负有责任。

我深深体会到了“故意不认识，这是一种罪过”[①] 这句话的含义。

亲朋去世与上电视的可怕经历

正好第二年，也就是 1996 年，埼玉县羽生市的“翁氏抗日反战美术馆”[②] 落成，因为没能完成与父亲的约定实在痛苦，我就把父亲的遗言和照片放到馆里，总算心灵得到了安宁。这座意义非凡的美术馆以“希望唤醒日本人作为加害者的意识”为目标，由翁秀岳[③]和浜田佐代子夫妻二人自筹经费设立。

这一年的夏天和秋天，我意想不到地失去了两位亲近的人。

一位是我教书时的同事 T 女士，她从春天开始就一直卧病在床与癌症抗争。我喜欢她那爽朗而富于正义感的性格、独特而沙哑的声音，还有对动物的喜好。我们在一起为了学生共同奋战了

---

① 语源当为《圣经・罗马书》中“外邦种种罪恶”一节：“他们既然故意不认识神，神就任凭他们存邪僻的心，行那些不合理的事。”（p169，中国基督教协会，1994 年版）

② 该美术馆迫于周边的压力，现已闭馆。

③ 翁秀岳（1950— ）：祖籍台湾的在日华人，出生于日本，退休外科医生，妻子滨田佐代子曾是一名护士。

10 年，跟她我无话不谈。夏天到了，她的身体一天不如一天，她那位好老公请了假寸步不离地照顾她。

正当我不断去医院看望她的时候，娘家的二哥 8 月突然去世了。他因为一直以来罹患的心脏病恶化以及感到工作本身痛苦不堪而自尽了。他 51 岁的生日竟然成了举行他葬礼的日子。

二哥突然过早地去世让我完全无法接受。说起来，他去世的前一个星期曾经似乎若无其事地给我打过三个电话，我没觉出任何异常，真是迟钝得要命。

接着在那年的 10 月，T 女士也终于去世了，享年 44 岁。

之后大概有一年的时间我每天给他们两人的遗像上香，结结巴巴地为他们诵读《般若心经》。我虽然和父亲一样并不信佛，但是这样做至少能让我镇静下来。骑车去买东西或者是去公民会馆时，我有时会突发奇想："我就这样消失也挺好的啊。"那时我脑子里尽是"为什么把我一个人留在世上"的念头，感到气都喘不过来。

就在心里一团乱麻的时候，NHK[①] 的电视导演大森淳郎先生邀请我参加他制作的电视节目，让我颇为意外。内容是野田正彰先生对战后出生的一代人进行访谈，节目组对背负着父亲遗言的我和另外一组夫妻发出了邀请。

大森先生特意来我家拜访，他 40 岁左右，是位很稳重的人。

① NHK：日本放送协会的英文缩写，名义上是公共电视台，实质上定位是日本的中央电视台。

我这人有点儿没主见，大家说着说着我不知怎么就答应上电视了，过后把脸都吓白了。

要上电视的话，我就得说明为什么没能实现父亲的遗言。这样的话，亲戚们表示反对的内情就会被曝光，大家也会责备我为什么要将父亲的罪行公之于众。还有，要是亲戚们看到这个节目，岂不会大吵大闹埋怨我事先不告诉他们？我脑子里不断浮现出各种情景，不知该如何是好。我跟家人和心理咨询所商量后，最终决定索性豁出去了：将来的事情现在再烦恼也没个头，每个人只能做那个时候自己认为正确的事。

拍摄地点在群马县的一个公园。上州的群山横在蔚蓝的寒空之下，天地肃清颇堪四望。野田先生要求我们事先不演练直接拍摄，我的心脏扑通扑通跳个不停。我当时非常紧张，被问了什么、怎么回答的完全记不得。

这次访谈于 1998 年 1 月在 ETV 特集①中以《对话：父亲在战场上留下的罪恶》为题播出。节目一开始，上来就给我那并不漂亮的脸来了个特写，还没醒过味儿来，马上屏幕上就出现了一行字幕，“由于亲戚的反对，父亲的遗言仍没能得以实现”，差点没把我吓出心脏病来。

45 分钟的节目结束之后，立刻就有认识的人打来了电话。

有的说：“您在回答提问时脸上显出的不知该如何说是好的表情非常棒。”还有学生的母亲说：“老师您想太多了，这种事不用

---

① ETV 特集：NHK 电视台的教育频道（ETV）的纪录片专栏节目，曾多次获奖。

独自一人去背负的。当年大家不都参与了战争么。”感谢他们的安慰，可是我更希望他们看了这节目能多思索一下。

我当老师的时候关照过我的前辈也给我打来电话。

“孩提的时候，我们因为东京大空袭①房子被烧毁而被迫露宿野外，吃了不少苦。我和我的家人都没有犯错，我们是那场战争的受害者而不是加害者。野田说的话有很多我都不明白，你没必要有负罪感，所有的一切都是天皇他们统治者的过错，我们没有责任。所以，今后我还是会像以前一样继续参加和平运动。”

他的话让我受了不小的打击。我本以为那位前辈跟我观点很接近，没想到他从来没意识到加害者这一面…… 前辈通过自身的体验收获到的反战之情确实很有感染力，但是那场战争不是内战而是侵略他国的战争，我跟前辈说希望他能意识到这一点。

我真能像前辈说的那样，一口咬定“一切都是统治者的责任，我们平民没有任何责任”吗？我又有了一个新的课题。

我反复观看了那次访谈的录像，注意到野田先生提出了几个重要的问题。其中在跟我对话时提出的“个人”这个词最引我深思。

“如果仓桥女士您遵守了遗言，那么您父亲就会‘作为一个负责的个人给自己的人生画上句号’吗？”

---

① 东京大空袭：广义上指“二战”后期美军对东京用燃烧弹等进行的集中轰炸的总称，狭义指 1945 年 3 月 9 日夜至 3 月 10 日凌晨的大空袭。在 3 月 10 日的空袭中有近 10 万人死亡，是人类历史上单次空袭造成死亡人数最多的一次，甚至超过广岛、长崎原子弹投下当天的死亡人数，同时燃烧弹造成的大火烧毁了数十万间民房，使超过 100 万人无家可归。

正在我沉吟未决之际，他又说道：

“我觉得您父亲想通过刻碑这个举动，表明自己不再是一个被别人支配命运的人，而是要做一个勇于承担的人。”

我答道：“我认为从这个意义上讲，父亲应该是对自己进行了一次清算，用自己的手掌握了自己的人生。”

针对我的回答，野田先生接着说道：

“如今您的家人还是反对您这么做，您也表示了妥协，结果现在遗言被搁置到一边。我觉得这是多数日本人的思考方式，要说理解也能理解。可是如果从另一个角度来看的话，这是一个严重的问题。当我们面对现代日本社会的痼疾时，不得不思考有关‘个人’这个问题。您父亲希望作为‘个人’来结束自己的一生，可是社会上还是有种意识，否认个人的存在，而是用‘家族’‘家庭’这样的概念来束缚人。”

我一时无法消化他的提问，便回答道：

“我觉得父亲是作为一个人出生，也是希望作为一个人死的。”

当时我装出一副很明白的样子，现在看来真够出洋相的。

事情过后，野田先生的话一点一点渗透到我的心里，仿佛重拳敲击我的心灵。

到目前为止，我没有从“个人”的角度考虑过父亲的遗言。

一直以来，我都是抱有一种强烈的感情：“父亲很后悔，一生都活在‘罪恶’的意识里。所以我想实现他临终时的心愿，要不父亲就太可怜了。”

野田先生指出：“父亲不认为那场战争自己是被强迫参加的，而是主动参战的，从而决心作为‘个人’来负起自己的责任。”这个观点赋予了遗言更积极的意义。

不，不是被“赋予”，父亲的遗言原本就包含了这样的意思，只不过是我自己没有注意到而已。要说为什么没有注意到，都是因为我一直以来固执地认为父亲是没有办法才参加的战争，所以没能看透这个道理。

回想起来，父亲不是被强征入伍的士兵，而是为了摆脱贫困志愿走上职业军人道路的，抱有非常明确的意愿。父亲是为自己主动参与侵略的那一部分道歉。在电视访谈里我说了那些不着边际的话，访谈录像放映后我才真正体会到父亲遗言的分量之重。

立碑

这事最终是必须面对“自我”的，拿野田先生的话来说，就是（眼下这种情况）“在你来说是一种妥协”。

父亲到最后都没有向现实妥协，留下遗言想给自己的人生画上句号。现在轮到一直托管着遗言的我，作为女儿决定该怎么办了。一直反对这事的二哥不是已经去世了吗？但是同样反对的伯父自不必提，二嫂和二哥的孩子们还在，恐怕他们也都会反对吧？

那该怎么办？我陷入了苦恼。到目前为止“哥哥的反对”虽然是障碍，但同时也为我不去直面自我提供了避风港。

那么，现在怎么办？我有生以来头一次碰到了一个“个人”的难题。

我上大学和找工作都没有遵照父母的意愿。我热衷于工会的活动，在员工会议上也常常明知发言会导致自己被孤立还是忍不住张嘴，事后也没少被报复。那个时候我也时常需要面对自我，但是跟这次感到的重压分量完全不同。当然，那时候我有家人支持，不是孤军奋战，但是最根本的在于这次需要直面的问题是：我作为父亲的女儿，今后的人生路当如何走。

就在我苦恼的时候，因为有事回了趟乡下，才知道碰巧有个亲戚看了那个电视访谈，事情已经传开了。

我恨恨地想：“看点儿什么不好，非要看那么严肃的电视节目！”我陷入一个怪圈：因为这是一个很重大的问题，所以希望尽可能多的人看到这个节目，但是，同时也希望我的亲戚谁也别看这个节目。

还有一件令我吃惊的事。伯父在家族墓地自己那一块区域立了两块小碑，上面刻着伯父在战争中作的诗，一首是他怀念母亲的诗，另一首则是在紫禁城与弟弟见面一同观光时写的诗。我深深地感到，即使伯父走过了漫长的人生路，最令他不能忘怀的事情还是发生在战争中的。

我一边替伯父实现了自己的愿望而高兴，同时也为父亲感到悲哀："那父亲的愿望又怎样了呢?"父亲已经去世 11 年了，到现在他的愿望还是没能实现，我感到非常焦躁，觉得必须想个办法。

我刚从乡下回来，父亲老家那边就打来电话，询问我上电视的事情。我就一咬牙把事情的来龙去脉和我的想法老老实实说了出来。于是对方回复我说：

"小绫子你爹可是个了不起的人呐。死了的人留下的遗言，活着的人是不作兴反驳的呐。"再没有比这句话更让我高兴的了。

我这次可是下定了决心，于是给继承了二哥家业的侄子 M 写了一封信：

"我亲手从你爷爷那里接过遗言并且答应了他，但是由于你父亲他们的反对一直没能付诸实现。你爷爷作为个人想谢罪的这种想法是很宝贵的，我到现在都想帮你爷爷实现这个愿望。不止如此，如果我一辈子不能完成与你爷爷的约定，就这样背负着遗言死去的话，作为女儿是无法忍受的。"

内容概括起来其实就是这些，我一边自问自答如何才能让侄子明白自己的想法，一边写下一行行字，有生以来从没这么紧张过。我自打年少时写过一次简短的情书以后，就再没这么拼命写过什么。而且那次被对方秒杀拒绝，想着这次也可能是这个结局，把信投到信筒里就后悔了。

四五天之后 M 打来了电话，跟我说："那就刻吧。"我吃了一惊。仔细问了问才知道，M 和二嫂 S 子完全不知道这档子事，二哥跟谁都没说，而是一个人把这些事情埋在了心底。

说到 M 为什么赞成，他给了我两个理由：一个理由是“爷爷自己主动向中国谢罪，这是件好事”，另一个理由是“要是死去的父亲有什么遗愿我无法完成，我也会很痛苦”。听到这里，泪水便从我的眼里滚落下来。

二哥自尽以来，我虽然也很苦恼，但是他的家人才是每天和那无尽的痛苦做着斗争，虽然得到了很多周围人的同情，却也承受了很多好奇的目光。更痛苦的在于不停地想着二哥“为什么，为什么你要一个人离开这个世界”？整日为这个没有答案的问题所苦，只有等待时间来抚平创伤。M 经历了和父亲意外的别离，所以也就能包容我对父亲的想法。我本来做好了心理准备，想着被拒绝也是没办法的事，这结果真让我喜出望外。

特别是“爷爷谢罪是件好事”这句话中包含的淳朴而真挚的感情让我非常高兴。M 对“爷爷”没有我二哥那种内心的纠结，很坦诚地接受了遗言。

二哥的孩子们都很淳朴，M 这孩子宽厚而随和，店铺的老顾客曾经夸他“俺就觉得这次当上老板的第三代是最棒的”。恐怕是因为父亲和二哥都有些让人觉得不好相处的怪癖之处吧。

再一想，各种时代背景和从前也大不相同了。父亲去世那会儿，亲戚中还有管着家族的老人，二哥也吃了他们不少苦头吧。可是过去了十多年，那些人接连去世，主导权已经转移到下一代人手里了。我想 M 能痛快地答应我，也有这方面的因素吧。

这么想来我才发觉，二哥一直在守旧的那一代重压下痛苦挣扎，真是不容易。

我想起了一件事。我们家人每年的夏天和正月总要跟我回趟娘家。二哥去世前一年的夏天，到家后他便请我们去街上的高级餐厅吃了顿晚饭。我们回到家时，二哥不经意地对我说："喂，我借了《人间的条件》的录像带喽！"我觉得很开心，笑着说："二哥你果然还记得那部电影啊。"二哥一下子显得很慌乱说不出话来，我反而有点过意不去。

仲代达矢主演的那部电影二哥从前也去看过。父亲对战争的感受也早就透露给了二哥。但是"父与子"各执己见有不少矛盾，他又不得不在意周围的看法，所以才将遗言封存到了今天。面上虽然看不出来，哥哥其实内心深处也一直非常苦恼吧。

就这样因为得到了 M 和嫂子 S 子的同意，我开始考虑如何来刻这个石碑。虽然父亲想把它刻在墓碑上，但是我想还是别这么做。墓里住的不只是父亲一个人，母亲和二哥也已经进去了，我不想做二哥不愿意的事情。我也想像伯父那样在墓地里划出一个角落给父亲立块石碑，尽量朴素、简单一点，不那么醒目比较好。

夏天的时候，我回到娘家去墓地看了看，又去了趟 M 介绍的石匠店商讨了刻石碑的事宜。我想哪怕贵点也没关系，品质不好的材料用不了多久，也经不起那些无良之辈的破坏活动。我曾经犹豫了一下，立碑者是不是刻我的名字比较好，最终还是决定用父亲的名字。因为这块石碑贯穿着父亲的意志，我觉得还是这样好些。

入秋后，M 打来电话说碑已经立好了。10 月初我就和丈夫去看了墓地。

走进墓地，一块一米多高的黑色花岗岩石碑映入我们的眼帘。遗言原文用片假名的地方改成了平假名，读起来更舒服，看起来更柔和。望着父亲的石碑静静地伫立在秋日的阳光下，我的心灵终于得到了安宁。

我一边抚摸着石碑一边在心中对父亲倾诉：“您满意了吧？爸爸，您的愿望终于成真了。”这虽然只是块石头，但是因为刻上了碑文便充满了意志与威严，仿佛成了父亲的化身。

接过父亲的遗言十二年后，终于立起来的“谢罪碑”

父亲纳骨的墓地和旁边的“谢罪碑”

丈夫用相机把我那时的样子给拍了下来。我后来看照片时，分不清是哭是笑，只见到颜容已苍老。

接过父亲的遗言十二年后，我终于实现了与父亲的约定。

Chapter 2

第二章 寻找自我之旅

◇彷徨与追寻

◇接受心理咨询

◇展现多姿多彩的自我

◇以小说揭示『父亲的罪行』

彷徨与追寻

上面讲述的虽说都是围绕父亲遗言的种种经历，我觉得也可算是一场寻找自我的旅程。当然，人是直到死的那天都会不停反省、不断直面自我的，不过我的自我寻访之旅确实比较集中在这10年。

我在1990年3月辞去了教师的工作。干了20年的教师后，我这张脸已经彻底被改造成教师的模样了。辞职后过了段时间，我惊讶地发现自己的性子原来还挺温和的。我们学校调皮捣蛋的学生很多，可能因为在那里干久了，每天都得不断发火教训人，皱纹已经刻在了眉宇之间。我还把坏脾气带到了家里，常常迁怒于家人。辞职后，丈夫和孩子们都松了口气。没有初中生们围着的生活虽然寂寞，却也让我心气儿恢复了平静。

早上的忙忙碌碌少了一半，再加上身体也不大好，本来就这样悠闲度日最好了，可是我却做不到。我随父亲，肝脏和胆囊都不太好，吃不了油腻的东西，平日里总是发着 37°6 的低烧，浑身没力气。就这身体我还老到处跑，累得半死后便去扎针灸。我去医院查了几次大夫都给不出个明确的病名，弄得朋友开玩笑说："得的是现在流行的心身疾病吧?""是丧失热情综合征吧?"我就像害怕什么事都不做就会崩溃似的，油画、短歌、和服、童话、小说基础创作班、外语课，以及公民馆开设的自传讲座、大学的公开课等等，挨个学了下来。如果仅仅作为兴趣爱好倒罢了，问题是学什么我都较真。说到底，我根本不懂得什么是"玩耍"。

我一边做着那些事情，一边还要处理父亲的遗言，所以一天到晚到处跑来跑去。

其间我听了一场很受刺激的讲座。琦玉市的女性研讨会组织了一个"自我主张训练"的讲座，讲师是一个叫"女性主义疗法伙伴"的组织派来的 O 女士。参加者们困扰于面对他人时无法很好地将感情传达给对方，或是不知如何应对才好而内心纠结。大家基于自身的体验，通过角色扮演的方式进行场面再现和分析。我觉得能有一个练习人际关系的机会非常新鲜，那位女士直言不讳的性格和严厉的态度也让我颇受震撼。

我以一种"试着吃螃蟹"的精神报名参加了"伙伴"主办的

“治疗师养成讲座”第二期。内容包括女性史、性歧视、精神医学和初级心理学、自我主张训练和小型心理咨询等。一周去一次，持续了两年，课上得非常吃力。首先我根本不具备女性主义的视点。小时候从没被说过诸如“女的就是不顶用”之类的话，又常年待在男女基本平等的教师行业，很少有机会切身感受到不平等。所以面对参加者们对不平等和差别的强烈愤慨，我却颇有违和感。还有就是里面有几位成员个性十足，跟我感情上也曾经互相对立（不过后来我体会到，在刚认识时觉得“这人怎么这样!”的人，相处下来反而能成为好朋友）。

说老实话，我这两年一直都想打退堂鼓，培训快结束时才逐渐发现其好处。我说不好为什么上得那么痛苦还能扛下来，可能是因为凭直觉感到这个培训能让我发现自己所欠缺的某一方面吧。

1995 年夏天讲座结束后，我跟毕业生们一起成立了自主活动的社团，继续做自我主张的训练和心理咨询练习。在那里我也因为笨拙而没能开好头，从中得到的痛苦可能比快乐还更多些。

我参加这个自主社团活动大约有一年的时候，二哥的自尽和好友的病逝接踵而来。我前面也写了，我的心情一天天地阴郁下去，特别是二哥自己选择了死亡这一事实压得我喘不过气来。

母亲的去世也跟二哥很像。母亲脑中风病倒后过了十年去世了。以前母亲也老说身体发麻疼痛，左脚虽然走路不方便但是右手右脚都能自由活动，按说还有不少年寿数的。母亲在我小的时候与父亲吵架时也曾经尝试过自杀，而且在突然去世的前两天也好似若无其事地和我通过电话，这点也和二哥很像。

我不得不重新审视养育我长大的这个家，到底是个怎样的家庭。

接受心理咨询

我一咬牙决定接受自主社团讲师、“伙伴”的治疗师小柳茂子女士的心理咨询。她比我小十来岁，我对她诚实而灵活的作风颇有好感。一般来说，心理咨询师不给熟人做心理咨询，她也劝我最好找其他的咨询师。但是一来我不大想去生人那里接受心理咨询，二来我要求对方必须是对我父亲的遗言这件事表示理解的人。经我再三央求，她终于答应为我做心理咨询。

第一次心理咨询的时候，我的话匣子一下子打开就收不住了——

我眼下在处理人际关系时把握不好距离感。我太容易被一些像父亲一样爱讲大道理的人蛊惑而参加他们的活动，到后来承受不了又半途而废。

我一边检点自身现在面对的问题，一边回顾自己的童年。

我重新审视了一下家庭关系，首先就是父母双方一直争执不断。这种争执来源于男女两性之间的纠结。父亲因为无法掌控母亲的感情而自尊心受到伤害，也就无法保持平静。说起来两个人打小是亲戚，是奉父母之命结婚的。母亲以前漂亮而文静，她作为从军护士去中国的时候好像在那里有喜欢的人，因为这事导致两人一直争吵不断。

再就是父亲和兄长们之间也有争执。父亲一直希望哥哥们实现自己所寄托的期望，所以执拗地压迫他们，结果往往引起争执。父亲一味地关注大哥的缺点，没完没了地批评他；对二哥也是如法炮制，反而激起了越来越强的反抗，父子关系处不好总是争吵不断。父亲虽然很少主动使用暴力，但是那种铺天盖地的说服或是说教让人实在无法忍受，哥哥们也是被逼无奈才不得不反抗的。而且因为夫妻关系很差，所以也没有了父亲骂完之后，母亲能接过来跟孩子谈心那种父母的一搭一档。非但如此，母亲还站到哥哥们那一边，对他们很娇惯。因为店里生意兴隆，孩子们金钱意识不强，对此母亲也没怎么呵责过。

在这样的环境下，我不自觉地扮演了一个按父亲意愿成长的好孩子，自我灌输了不少父亲的价值观。虽然对父亲那种铺天盖地般讲大道理的教育方式感到很压抑，但是因为父亲说得有道理，所以从来没想到过要反驳。

因此，当母亲和兄长结伙对父亲做出抵抗的时候，我难道不是内心虽然站在父亲一边，却只冷眼旁观吗？甚至有时候他们闹到要动刀子，我不也是无动于衷吗？

我那时总是觉得“哥哥们不好好学习被骂是当然的”，“努力用功点儿不就得了，干吗不那么做？懒货！”“母亲干吗不对哥哥们严格要求，老是宠着他们，溺爱过头了吧？”我那时虽然大叫：“别吵了！”但是却异常冷静地面对这一切。我这人是不是一个特别冷血的人啊？

面对我层出不穷的疑问，小柳女士说道：

“在我看来你不是冷血，可能是你的感情定格在那里了。”

“感情定格在那里了？”我虽然不太明白这话什么意思，但是感觉得到了救赎。

她最后这样总结道：

“你是想通过接受这个心理咨询来悼念家里人的吧？”

我觉得这话说到我心上了，心想：“啊，原来是这样的啊。”不由得流出了眼泪。

从那以后我每两周接受一次心理咨询。通过详细地回忆儿时的情景，从心理咨询的回答中得到一些启示，然后再重新审视自我。这是一项很痛苦的工作，但也同时能发现无数从前没注意到的事情，从而帮助我更好地了解自身，所以也是一项充满喜悦的工作。

首先，我明白了所谓“感情定格在那里了”是说“无论是谁都害怕直视困境，所以就会给自己戴上面纱”。这话让我茅塞顿开。确实每当我碰到吵得天翻地覆的场面时，既没有恐怖感，也不会大声哭叫，欠缺那种“毛骨悚然”的感觉。我曾以为这是因为我上面有两个哥哥，所以我也像个假小子，现在才发觉也许是因为一天到晚看惯了家里的大吵大闹，所以为了自我防卫养成了看见什么都不动心的性格。

此外，我上高中的时候曾有一个好朋友这样说过我："你呀，就算是讲笑话也脸上不带笑容。"当了老师之后我的学生也曾这样说过我，还说："所以（听了您讲的笑话）我们也不知道是该笑还是不该笑。"我自己也觉得我好像有些不会动感情。

说到"感情"，我清楚地记得这么一件事。那是上小学二三年级的时候，我去亲戚家帮着养蚕，正好和我年纪差不多的表妹们也来了，我们就一起给蚕喂桑叶吃。我用手抓起蚕，那种冰冷又软乎乎的感觉让我浑身起鸡皮疙瘩。兄弟姐妹们在院子里大声嚷着"哎哟，好恶心哦""我再也不想摸了"。我其实也是一样的感受，但是说不出口。我想着我要说出来，这家的舅舅、舅妈一定会不高兴，所以就从兄弟姐妹们身边走开了。现在想想，我就是说了，舅舅、舅妈也只会笑笑就过去了，或者安慰我们说："舅妈小的时候也觉得蚕很恶心，但是习惯就好了。"

我就是这样压抑着自己的情感，揣测着大人的心理，按照大人的意愿去安排自己的行动。当然那时还是小孩，所以也会时常说出真心话。长大后这种倾向越来越明显，我也渐渐注意不到自己是在克制感情。

我这么做的原动力就是父亲的说教和表扬。在父亲看来，只要认真刻苦、成绩优秀就是最好的孩子。我就这样去努力，父亲就这样夸奖我。而且他还常拿哥哥们和我做比较，常常先用一句“喂，学学你妹妹”开头，接着就是一顿没完没了的教训，哥哥们一定觉得很屈辱。现在回想起来，父亲拿我们兄妹做比较，真是一种残酷的训斥方法。

父亲一旦觉得自己不受家人待见，或者有什么不中意的事就会夜里也睡不着，不断钻牛角尖，然后迁怒于人。所以在责备人时丝毫不留余地，总是把对方骂得体无完肤。我从没听他说过“虽然做了错事，但那家伙也有这样那样的优点，这次就放他一马了”这类的话。他总是在向我倾诉对母亲和哥哥们的不满后，对我说“幸好你不像他们那样”。这句话束缚了我多久啊！我因为害怕爸爸也来责备我，所以拼命按照他的意愿去努力，也就越发地看不清父亲那丑恶的一面了。

随着心理咨询的进行，我终于能理解到“母亲和哥哥们总是被责骂，真的很不容易”。在咨询师面前，我的泪水夺眶而出，但那是欣喜的眼泪：我终于贴近了母亲和哥哥们的心。

通过心理咨询，我逐渐勾勒出了以前没有看清的父子（女）之间的关系。

“您父亲是一个非常古板的人呢，虽然头脑很聪明，但是却不会处理人际关系。”

“既然您父亲基本上不懂去包容您的哥哥们，而是一味地对他们提出各种要求，他们也就无法去回馈您父亲的期望了。”

父亲为什么要那么执拗地去逼迫自己的家人呢？我非常在意

一点：我的思维方式完全随父亲，结果不也是人际关系搞得跟父亲一样吗？

在接受心理咨询过了半年左右的时候，我偶尔看到一本漫画，被其中的一个画面所震撼。我一看到那里，就好像全身过了电流一般：“父亲当年也是摆出这副神情，被人所恐惧和憎恨的啊！”迄今为止，我虽然知道宪兵是被人憎恨的对象，但是读到的和听到的都无法让我特别动心。虽然说父亲是宪兵中的一员这个事实本身不是我的错，但是我却像感到自己被憎恨一样，看着漫画不由得泣不成声。

我把这些告诉了咨询师，她深深地点头对我说：

“你父亲是这样的一种存在，其实你是早就知道的。读过你写的小说的人应该能理解这一点。现在，你的心灵终于接受你的头脑一直以来的判断，头脑和心灵终于相通了。”（她读过我以前写的《小李》《悲伤的河流》这两篇拙劣的小说。）

“头脑和心灵终于相通了”，这确实对我来说是最重要的事情。

这个时候我以自己小时候父亲的形象为原型，正在写名为《苦娑婆的徹三》的小说，小说里有个中国小女孩登场。当我写到宪兵徹三通过欺骗小女孩来捉住他的父亲的场面时，虽然是我设定的剧情，仍然让我泣不成声。我把那个小女孩当成了实际存在的人物，而为她的人生痛哭。当我写到徹三因为毁掉了一个小女孩的人生，被梦魇缠身痛苦不堪的场面时，我也泪流满面。

我在心理咨询的时候说起这些，小柳女士答道：

“看来你的感情爆发出来了呢。你是想通过写作来挖掘一个人当了十年宪兵，体验过异常事态后，在和平年代里会显出怎样的病态吧。一个人十年的‘伤痛’无法对人诉说，只能埋在心底，会变成什么样啊！”

小柳女士的话给了我很大的启发。

父亲不就是在潜意识下不去审视自己在战争中阴暗的那一面，而把负能量全洒向了妻儿吗？他不就是通过一味责怪妻子的错误，训斥儿子的没出息，把“对方的问题”扩大化，从而不断释放自己的负能量的吗？只要专注于他人的事情，眼睛里只看到别人，就可以不断逃避自己的问题。

“换句话说，可能您父亲面对他人，嘴上说的和心底里所想的不一致。他在说着‘努力学习，你现在这样子可不行’的时候，脑子里也确实是在为孩子着想。但是，战争所积淀的黑乎乎的负能量从他心底不断冒出来，恐怕这才是他的原动力。这些无以言表的强迫观念式的气势、眼神、一举一动从您父亲体内迸发出来，不停地正面照射在对方的身上。被这么烤晒的人可是活受罪，最后搞不好会人格崩溃的。”

啊，原来是这么回事啊！我陷入沉思而说不出话来。她的解释对我意义重大，也非常深奥，我感到整个价值观仿佛都被颠覆了。

心理咨询师接着又说：

“父亲这一代如果不把那些见不得人的感情和能量释放到光天

化日之下，就会再沉淀到儿子、孙子的那一代。

“父子（女）之间的这种关系真是不可思议呢。孩子们会继承父辈的阴暗面，不得不面对这个问题，既有可能因此人格得以完善，也有可能被压迫至于崩溃。我觉得父子之间的传承就是这样悲壮而富于戏剧性。”

这些话颇为意味深长。

父亲拼命专注于教育子女却没有得到如期的结果，反而父子之间感情出现了鸿沟。但即使如此，他洒向儿子们的能量也丝毫未减，做法也完全没有改变，总是替孩子“担心”将来的事情，不断地做着招人讨厌的举动。现在想想父亲也许是通过将充溢于胸中的怨气的矛头指向家人，才勉强维持住了“自我”。

但是，这样付出的代价实在太大了。母亲在患了脑中风半身不遂后，家中虽然儿孙绕膝很热闹，她却慢慢地失去了活下去的愿望。大哥从父亲身边逃避到远方，变得不与他人交往，喜欢独处。

二哥则是不断地反抗父亲。二哥二十岁前曾一度做出结婚的决定，结果在父亲的强烈反对下化作泡影，使得他曾想选择死亡。二哥曾经在东京工作过一段时间，正好在他回乡时父亲就因肝病开始了住院、出院的反复循环，接着母亲又因为脑中风倒下了，这下子他必须支撑起这一家。嫁给二哥的 S 子是个很活泼可爱的女性，他们有了三个孩子，可是也许是因为想躲避生了病也啰唆不改的父亲，二哥有段时间整夜在外边浪荡。而且当心情陷入

“抑郁”状态时干活也没精神，甚至将自己关在屋里不出来。过着这种日子，二哥有时会痛苦地抱怨：“我真的都没有活下去的气力了，但是还有孩子啊，没法子，还得去店里干活。”二哥虽然看起来很豪放，其实是心里总是装着别人的。

仿佛母亲、大哥、二哥他们的脑海里无时无刻没有父亲的目光在监视着。

父亲曾经居高临下地望着蒙着被子不起来的儿子，眼里充满焦灼，自顾自地训斥道：“你听好了！人要是不做该做的事，就会落伍的！那样就完了。别想着玩儿。听好了，人生只有学习和工作！你这样子不行！振作起来！你这样子不行啊!”这句话仿佛就在我耳边回荡。

“你这样子不行!”这仿佛是父亲反反复复，没完没了念给家人们的咒语。

“你这样子不行!”恐怕父亲也在不断把这咒语念给自己听，总是不能安于现状，不能安心生活，莫名的不安与焦躁仿佛鬼附身一样推着他不断向前跑。在这句话里浓缩了多少无法用言语表述的情感啊。

我的脑海里也深深烙下了父亲那强烈的“目光”。现在想来，斥责哥哥和母亲的“目光”和赞赏我的“目光”实际是表里一体的。

正如前面写到的，家里只有我一个被父亲笼络住了。每当我说点什么让人高兴或是讽刺别人的话，父亲都会觉得好笑而兴高采烈，我也就越来越得意忘形。

我平常只是去店里帮点忙，不像农家孩子那样辛劳，所以比别人有更多时间埋头学习，父亲夸我成绩好后就更加努力用功。我吸收了父亲的价值观，认为只要功课好，做事靠谱，干什么事都尽全力，认真顽强就好。这种想法在我的内心不断增殖，让我变成了彻头彻尾的“井底之蛙”，一直努力去做一个“好孩子”。

正因如此，我逐渐地失去了朋友，变得孤独起来了。特别是小学四年级的时候，我被别人狠狠欺负过。上初中后，倒是没人欺负我了，我虽然热衷于打网球和书法社团的活动，但是却没有能为之敞开心扉的朋友。其实说起来我都不知道该怎么敞开心扉。我既没有和朋友说起过家里的争执，也没跟舅舅、舅妈他们哭诉过。

我也会真诚地同情身边人的不幸，憎恨周围的罪恶，但是总是觉得自己和他人不一样，心底里总有一种意识认为自己是特别的，一半来自优越感，一半来自孤独感。

随着心理咨询的深入，自己的这种形象渐渐浮出水面。我觉得自己拼命做一个“好孩子”“好人”，真是挺可悲的。偶尔当个“坏孩子”“坏人”不是也挺好吗？有时当不成好人不也是没办法的事吗？正好这时听到朋友说孩子太淘气，喜欢胡来，不知如何是好，我真羡慕那个孩子，哪怕只有一次也好，我也想困扰一下父亲和老师。

在一个寒冷的早上，我出门去做心理咨询，突然想起了一件事。正好眼下有个认识的人托我做一个社会活动的负责人，这让我不知如何是好。虽然被对方那种强烈的正义感所慑服，但是从细微的感情上讲又不能下定决心答应。虽然觉得如果自己拒绝的话，对方会有种遭到背叛的感觉，但是因为实在打不起兴趣所以也不想答应对方。我从那人身上感到跟父亲同样的压迫感，但是这次我想试着挣脱。

我把这个问题，还有朋友儿子的事情跟心理咨询师说了："当不成好人的时候不也是有的吗？不想丢掉自己宝贵东西的时候也有啊。人要是被逼得走投无路了，就豁出去被人骂不也挺好的吗？今天早上醒悟后一下子就痛快多了。"

她微微一笑："是啊，就是这样，就要这样啊。我一直给你做咨询，能看出你总是想弓着身子去够别人，结果就是越走越痛苦。一定是你受父亲的影响，很早就形成了自己的人生观和价值观，凡是符合你的价值观的事务，你都会积极参与；但是涉及细微的人际关系，因为你当初在那样的家庭氛围里成长起来，就是另一回事了。"

这样我慢慢地看清了自己。

咨询里还涉及了我很害怕自己跟父亲是一个模子里铸出来的这个问题，对方还问了我有关教育孩子方面的想法。

"我和父亲一样都是完美主义者，肯定也免不了用父亲的那种眼光来看待自己的女儿们，所以孩子们也一定受了不少罪。只不过在学习上，我不知道孩子们是怎么想的，至少我是没打算啰里啰唆地逼着她们学习。怎么说呢，我自己后悔当年两耳不闻窗外事，所以也就没强迫她们去补习班，结果她们也就没去。丈夫也没强制她们，所以孩子们现在也说当时很自由，挺好的。我感到孩子们比我有人情味儿得多。”

听了我的回答，她说道：

“您看，您和您父亲是不一样的。就算你们有共同的倾向，但是您不是很努力地在改变自己吗？我一直这么看过来，觉得您其实并不像个‘优等生’，还是很有人情味儿，您的很多想法也是从善意出发的。”

说到这儿她扑哧一笑，我也随着她笑了起来，感到无比快乐。

随着心理咨询的深入，我发现了自己对自己责备得太厉害了。我平常在跟别人交往遇到不顺时，或是面对自己错误的时候，喜欢立刻分出个黑白。其实没必要那样，就让自己作为一个充满矛盾的存在不是也可以吗？遇事不立刻得出个结论不也挺好吗？这样一来，我觉得肩上的压力也减轻了，呼吸也顺畅多了。

通过接受心理咨询，我初步学会了肯定自己、犒赏自己。

就这样，一年的心理咨询结束了。

过了一个月左右，有一次我和小柳女士一起吃饭时，她说的一番话给我留下了深刻的印象。她的母亲原来是艺伎，父亲因为有外遇对自己的妻子不关心。她母亲作为女性过的一生是坎坷的，胸中有着无法用言语表述的辛酸，而小柳女士就是在母亲这种情感的阴影下长大的。

我深深感到，这就是她现在勇敢地挑战女性主义和“性问题”的原点啊。

“孩子们会继承父辈的阴暗面，不得不面对这个问题，既有可能因此人格得以完善，也有可能被压迫至于崩溃。”

她的这句话是来自自身的体验的。

从2001年春天开始，小柳女士在一家国立大学的性问题研究所埋头研究性暴力和性差别等问题。她曾是我优秀的心理咨询师，如今则是我敬爱的友人。

展现多姿多彩的自我

在这个时期，我的另一个精神支柱是自我表现培训小组。前面写到的自主社团活动一直在继续，现在成立了小组，取名为“NAT'S”。是“NATURAL ASSERTIVE TRAINING”的缩写，就是追求“非常自然柔美的自我表现”的意思。活动采用角色扮演的方式，内容则基于大家平时的体验，比如跟对方对话时无法将自己所想的传达清楚，或者在对话后觉得心里不顺畅，觉得没能把自己真实的情感传递给对方等经历。

主要的成员有和我同属一代人的织内奈奈江女士，还有两位比我小了两圈的年轻人，两角美菜子女士和关野由美女士。

这三名女性还是“CAP 联络网”的成员，该组织致力于教授孩子们如何面对暴力时自我保护，常常被关东一带的中小学校PTA（类似于家长会——译者注）请去做研讨会和演讲。

我因为上电视和为父亲立碑的事和别人闹出不少摩擦来，多亏了接受小柳女士的心理咨询和参加“NAT'S”的角色扮演，才能比较积极地面对人生。

下面是以前我写的有关“NAT'S”的文章。

发现自我之旅

我现在很快乐。因为我终于看清了自己，或者准确地说，看清了作为一个女人的自己。一直以来，我按部就班地扮演社会交给我的角色，而现在我内心作为女性的那一面终于挣脱了枷锁从心底里跳了出来。

回想起来，在我家里，父亲是个完美主义者，总是要求家里所有人要当好孩子，要认真、勤劳、有正义感、对社会的严酷性有充分认识、有坚强的意志、积极向上。母亲和哥哥们都反抗父亲，只有我站在他那边。我只要做事合父亲的心意他就会夸我，受到鼓励后，我就更加努力地去博取他的欢心。逐渐，我也和父亲有了相同的感觉、相同的价值观。

这真是可悲的事啊，我本人却没有意识到这一点，不在意自己是什么样的人，不正视自己软弱的部分。不，甚至可以说都不知道自己有软弱的地方，而是一天到晚得意扬扬，傲慢地走到了今天。(中略)

现在我们成立了“NAT'S”这个组织，由织内女士领着大家进行自我表现的锻炼。她是一个具有独特直觉和强烈个性的人，将自己长期以来在与别人打交道的过程中体会到的最核心的部分拿出来，让我们通过角色扮演来体验。

我把在日常生活中碰到的好多好多的心结释放了出来，去一次一次地挑战也许在旁人看来琐碎的事情。在这个过程中，我通过亲身体验渐渐地明白了很多。

——别人说你什么的时候，不要想马上把对方驳倒，将自己的心情（悲伤、受到打击、觉得好过分、孤单、开心、惊讶、不甘心、羡慕等）传达给对方是很重要的。

有时试着再现一次当时的场景，也许能弄清那时莫名的感情。

——“原来是这么回事呀，我是疲倦了所以想哭出来”。有时候通过角色扮演后我才能流出眼泪。我这才知道“我总是为别人的事情流泪，轮到自己的事却哭不出来”。

我还懂得了，如果能把自己的感受当场传达出来，就不会事后在感情上留尾巴。你只要说出自己的想法就行了。

明白了很多事情后，与以前的自己比起来，肩上的压力轻了不少，心情也轻松多了。我这才发现从前的我绝不允许自己有丝毫的失败，也不原谅别人的失败。现在，我切实做到了，即使是跟别人吵架后也能言归于好，能够跟别人建立一种有弹性的人际关系了。

还有就是，我开始能从容地观察自己的心情了。

所以现在我作为女性觉得好快乐。因为我知道了如何把自己更有女人味的那一面展现出来。

虽然还是刚参加这个活动，但是我注意到与自己的情况类似的烦恼在日本正在不断蔓延，所以我作为一个女性，想向更多的人传递自己在“NAT’S”的体验。

以上就是我在宣传小册子所写的内容，时至今日我的心情也还是没有改变。

最近我尝试参加了这么一个角色扮演。

我试着扮演以前的哥哥，蒙着被子躺着不动。扮演我父亲的关野女士走过来居高临下地叫我起床。

“喂，快起床！你想磨蹭到什么时候！你就是有点不舒服也得给我起来做你该干的事！”

脑袋顶上回荡着刺耳的声音，我真想逃出去，但是身体却不听使唤，面朝下趴着紧紧抓住被子。

“你窝在被子里干吗呢！还不快起来做你该做的事，要不就跟不上别人了！打起精神来，快赶不及了！”

“父亲”反复说着同样的话，我的心扑通扑通地跳个不停，完全不知道该怎么办了，只能弓着身子拼命地想逃离落在我身上的地毯式轰炸。但我又没有推开被子跳起来的意愿，只能绷着身子完全屏住呼吸。

我终于忍不住大叫："够了，别说了!"站起来说道："太受刺激了。从上面叫得我脑袋都要爆炸了，我真不知道该怎么办，只想逃出去。"听了我的话，关野女士和扮演母亲的两角女士发出惊讶的声音。关野说："我并没有大声说话，我只是在用比较像男性的声音一本正经地说服教育啊。"两角也说道："我在教育孩子的时候可能也就是这个程度，真没想到你有这么大的压迫感，看来值得深思啊。"关野和指导员织内也点头认可。

通过参加这次角色扮演，我多少能体会到哥哥们当时的心情了。父亲逼迫哥哥们的时候，其实紧迫感和焦躁感比这次演习要强得多，也更加执拗，可以想见哥哥们不但不能敞开心扉，只会更加自我封闭。

父亲常说的"打起精神来！那样可不行!"这话里有什么含义呢？这是经历了两次逃亡生活产生的紧张情绪所致，还是在中国当宪兵残害中国人时给软弱的自己鼓劲的后遗症呢？又或是作为失败者重新踏上人生之旅时对自己的激励呢？我认为也许是一些更为根源性的、心底里无以名状的不安的一种显现。

通过参加角色扮演，我能够面对过去的自己，重新确认了我的情感，对此我感激不尽。

以这样的方式，重新审视养育自己的家庭时，我心中充满伤感和爱怜。孩子无法选择父母，无论成长的环境如何都只能选择去适应着生存。如果父母发出的信息仅仅是对学习、勤奋和坚强的要求，而不允许任何放松和叫苦，孩子们就没有可以喘口气的地方了。在这种家庭里长大的孩子们做任何事都总是不得不全力以赴，如果做不到就会被失败感和劣等感所缠身，无法进行自我肯定。

更不用说像我们家这样，父母身上都背负着因战争而留下的精神创伤，在这种环境下成长，那种异样的强迫观念就更加强烈，搞得全家都充斥着“抑郁”的空气。当然父亲有时也会开开玩笑，也有快乐的时候，但是总体上说贯穿我家的基调始终还是“抑郁”。

虽然我只看到了我自己的家庭，但是想想因为日本是举国发动了战争，不管哪家，父母的心里多少都会留下点战争的后遗症。而且绝大多数的父亲都没有把自己在战争中所犯下的罪行告白出来，跟我们家类似的精神状况恐怕全国不会少见吧。

以小说揭示“父亲的罪行”

前面我已经写过，围绕父亲的事情，我写了三部蹩脚的小说。当时写的时候，我也不知道想要表达什么，只是漫无目的地在稿子上码字，但是现在回头看一下这三部小说，可以清楚地看出自己对父亲看法变化的轨迹。

其实除了这三篇，我在刚刚辞掉教师工作后，曾经写过一篇未完的小说，当时着手写这个是为了证明父亲是值得尊敬的人。那时，我还不知道宪兵的坏事干到了哪种程度，对父亲的幻想还没有破灭。我最后虽然是打算用谢罪来结尾，但是小说的主题还是描述父亲是如何的伟大。

接下来我得知中国归国者联谊会的存在，见过名古屋的队长夫妻后写了篇小说，题目是《小李》。

《小李》（1992 年，同人杂志《山楂子》）

作为叙事者的女子带着父亲所托付的谢罪遗言，找到了父亲在战争时的战友，但是始终没有弄清父亲的所作所为。她在临回去时突然想起来一件事："有一个被日军抓到的可怜的少年，是父亲把他给放走的。"

于是，战友想起来了，在那个叫小李的少年不见踪影的第二天，女子的父亲像发了疯似的，把那一带的村子全烧了，杀了很多中国人。他因为怕被怀疑少年是自己放走的，反而犯下了大屠杀的罪行。

小说大概就是这么个情节。我原本打算描绘一个为救小李的性命而到处奔走的父亲的形象。但是那样，就太把父亲理想化了，所以就把情节倒转过来，让父亲犯下大屠杀的罪行。可是这样做我感到非常痛苦，虽然只是小说上发生的事，却有一种莫名的撕心裂肺的感觉。

小说的最后结局是正因为父亲是个好人，所以才会犯下那么重的罪行。这个结尾我还是有些在袒护父亲，这一点野田正彰先生在他的《战争与罪责》（1998 年，岩波书店出版）一书中也指出过。

接下来我写了一篇名为《悲伤的河流》的小说，大概 1.2 万字。

《悲伤的河流》（1997 年，日本民主主义文学同盟发行《民主文学》九月号）

父亲弥留之际，一张他战争时期的照片寄到了女儿的手中。那是一张父亲年轻时的相片，他一手拿着军刀，一手提着中国人的头颅得意地笑着。女儿从未跟父亲询问过战争期间所发生的事，在苦恼了很久之后下决心去问父亲。父亲最后终于通过笔谈来告白了他在战争中犯下的罪行。听完父亲的告白，女儿决心将父亲所作所为全部承担起来。小说写的就是这样一个故事。

野田先生在《战争与罪责》一书中指出，我虽然在现实里没有能力去质问父亲，但是在小说中终于做到了这一点，对此他给予赞赏。

同上篇小说一样，在这篇小说中塑造“提着头颅发笑的父亲”这一形象仍然令我非常痛苦。我进一步写到，女儿在面对父亲痛悔“在战争中我无法保持自我”时，进一步想到不正是父亲自己变本加厉地犯下了“战争罪行”吗？我想通过严厉追究父亲的责任，来多少拂拭掉一点对父亲的幻想。

《苦娑婆的徹三》（1999 年，NCC 基督教亚洲资料中心发行《亚洲通信》别册）

这部小说有 6.8 万字左右，是以我小时候生活的乡下为背景的。主题是父亲为养活一家在各地做小贩劳苦奔波，而在他心底却藏着作为加害者的记忆。

前面写接受心理咨询那一段时，谈到过我在某漫画中，看到了父亲作为宪兵的真实面目如同恶鬼。我一直以来固执己见，无论如何也想把父亲当成好人，看到那漫画时终于能扔掉这个包袱了。父亲是恶人——这个事实是让我含着泪水吞下去的，但是泪水也洗刷掉了我对父亲的幻想。我终于能够从内心接受这样一个事实：即父亲也是和土屋芳雄先生他们一样，作为一名宪兵拷问过、屠杀过中国人。正是有这个认识我才能写出这篇作品。

主人公，即父亲因为看到了自己年幼的女儿，唤醒了他曾经欺骗中国小女孩的记忆。在他自问自答“我做的坏事到底该归咎于谁”的过程中，逐渐承认了自己所犯下的罪行。

主人公无法把这件事跟别人告白，另有一个男人因为太善良而不忍杀敌，发疯后沦为乞丐。最后，小说的结尾落在这两个男人之间温馨的对话上。我通过加上这一段来略微抚慰一下主人公的孤独，自己也同时松了一口气。

虽然写得很蹩脚，但是通过写小说我变得能够接受父亲的罪责。当然这得感谢名古屋的队长夫妻和众多被害者和加害者们，他们的证言使我接触到了事实。由于能力不足，如何把这些事实消化掉写进作品是个难题，但是我从中确实获得了极大的喜悦。

据说，有个女性记者说，“我的爸爸是一位那么好的父亲，在战争中不可能做过坏事”，为“自由主义史观”张目。如果这不是流言，她也不是为父亲找借口而是真心这样想的话，我建议她一定要重新审视一下父亲。

我完全能理解“不想看到父亲的另一面”这种心情，但是父辈们给亚洲造成了那么大的伤害，作为我们难道不应当承担起责任来吗？

Chapter 3

第三章 『被害』与『加害』

◇被害者的控诉

◇加害者的忏悔

◇东史郎先生和元山俊美先生的证言

◇街区里的反战尝试

被害者的控诉

我辞掉教师工作的第二年（1991年），韩国的金学顺[①]女士实名告白自己被强征为日军“从军慰安妇”的经历。此后，除韩国外还有其他国家的女性接二连三地站了出来，要求日本政府通过谢罪恢复她们的个人名誉并给予赔偿，造成了很大社会反响。

二十多年前，我读过千田夏光先生的《从军慰安妇》（三一书

① 金学顺（1924—1997）：1924年出生于吉林省，生父去世后随母亲返回平壤。据本人自述，1941年随养父赴北京时被日军强行绑架强奸后成为“慰安妇”。1991年实名起诉日本政府，是韩国“慰安妇”维权运动的先驱，也成为日本右翼和历史修正主义者们集中攻击的对象。该诉讼于2001年、2004年先后在日本中级法院和最高法院以日韩基本条约缔结时韩国放弃了赔偿权为由被驳回。

房出版）一书，深受震撼。如今知道有像金女士这样实名告发的被害者，一下子现实感便增强了许多。

在我居住的城市，也有曾被强征做“慰安妇”的女性来演讲过。她们的日语说得很流利，凛然作证的样子让我为之心折。我便马上参加了支援她们活动的组织。

但是两年以后，我从别人那里意外地得知：来我们这里作证的女士在韩国国内告白时用的是假名，照片也一张都没有公开过。据说是因为韩国儒教的伦理观念很强，她的个人信息一旦被曝光，不仅是自己，连家人、亲戚也会一同遭到迫害的。即便如此，她为了能在有生之年找回自己作为一个人的尊严，在自己力所能及的最大限度里站了出来。她和金女士的内心纠结可想而知。

由此类推，在被屈辱地强征为“慰安妇”的女性之中，实在是无法站出来的人一定多得不得了。一想到用这些人的苦难人生做踏板才有了今天的日本，我就会觉得：这种不讲道义的国家真能有美好的未来吗？

通过访问当事人，旁听战争被害者状告日本政府的审判以及阅读相关书籍，我逐渐加深了对那场战争的认识。每一位受难者的人生都催人泪下，这里面中国的侯巧莲①女士的经历让我最难忘怀。1998 年的夏天，她为了参加审判来到日本，在东京的四谷会

---

① 侯巧莲、郭喜翠于 1996 年向东京地方法院提起诉讼，要求日本政府道歉并赔偿。1999 年侯巧莲去世，2002 年东京地方法院认定两人受害事实，但驳回请求。郭喜翠上诉至高等法院 2005 年被再次驳回，2007 年最高法院终审判定败诉，2013 年郭喜翠去世。

场做了证词。

她坐在孙女推着的轮椅上，穿了一件白色的衬衫、黑色的裤子，非常朴素，消瘦的脸庞晒得黝黑，满是岁月刻下的皱纹。

在主持人提问之后，她一张口眼泪就哗哗地流个不停，以至于我都想着她别再勉强自己了。

侯女士以前住在中国山西省的一个叫作盂县（即今山西省阳泉市盂县——译者注）的山区，她的父亲是八路军干部兼任村长，

侯巧莲（左）和丈夫李四柱（侯女士 17 岁时所嫁的第一个丈夫田计贵为日军所枪杀，李先生是她的第二任丈夫。李先生的两个哥哥也被日军所杀害。）

他们一起被日军抓了起来。那时她 14 岁还没来初潮，被关在窑洞里昼夜不停地被日军蹂躏，衰弱到无法站立走路的程度。她的母亲心急如焚，卖掉了家畜凑了 700 个银元交给日军才把女儿和丈夫接回家。那以后一年的时间里，她都无法从床上起身，整日哀哭，母亲也伤心至极。

这件事打乱了她的人生，给她留下了很严重的精神后遗症（PTSD）。她虽然裹脚不好走路，却常在不知不觉中到处徘徊，高声哭叫，手舞足蹈。后来别人告诉她，那时她就像变了一个人一样，周围的人想拦都拦不住。还有，也许是被日本兵的军靴声吓着了，只要一听到有很多人的脚步声就感到恐怖，就要躲藏起来，大小便也会失禁，半个世纪过去了到今天仍然是这样。这种后遗症不断反复，折磨她到如今。

最后她这样说道：

“我希望日本政府向我道歉，承认我的不幸是侵华日军一手造成的，而不是我有过什么过错！”

接着，在她后面发言的精神科医生教给我一件重要的事。

“大家也许认为没必要非得让人家说出自己痛苦的记忆吧？这是不对的。人是希望别人能倾听自己被践踏、被折磨所受的非人待遇的。人只有自己的告白为他人所接受，才能找回自己的尊严。”

“找回自己的尊严”，这句话的重要性让我陷入深深的思索。侯女士住在偏僻的山村，自己的遭遇没有办法和别人诉说，恐怖的记忆就这样被冰封起来。要想把它融化，她必须鼓起勇气讲出自己的遭遇，并被社会认可其所受的虐待。除此以外，别无他途。

“是这样的。我也是一个有尊严的人，没有道理承受那种屈辱。我理所当然应该得到他们的道歉。”

人只有能这么想，才可以挺起胸脯堂堂正正地生活。

集会结束后，侯女士坐着轮椅等候在会场出口，面带恭谨的笑容与参会人员一一握手。

我凝视着她的脸，小声地说：“父亲留下了向中国人民道歉的话后去世了。”翻译把这话告诉她时，她的脸上露出惊讶，点着头紧紧地反握住我的手。

我真心祈求针对她们控诉的审理能进行得顺利，希望她们在以后的人生里能安享晚年。

其实，我听到这些女性的话真的很痛苦，所谓心痛就是指这种感觉吧。我仿佛听到有人说，你其实没必要非得这么自虐，去了解这些让你痛苦的事情吧？多想想好的事情不好吗？

但这是错误的。这种痛苦和心痛不正是我们必须通过的关口吗？只有迈过这样的关口，我们才能真正认清那场战争的真实面目，这从某种意义上能给我们带来喜悦，也能令我们多少与受害者心意相通。我想这不是自虐，而是跨越困难去触摸真实，是积极向上的姿态。

让人感到悲痛的是，集会结束 10 个月之后，侯女士于 1999 年 5 月去世了。据说在去世的前两三天她还用那双裹着的脚在自家周围奔跑徘徊，一生为 PTSD 所苦。

就像这样，不只是中国大陆，还有韩国、朝鲜、菲律宾、印度尼西亚、中国台湾等国家和地区的原日军“慰安妇”，也年事渐高，一个个抱恨离开人世。这样做真的合适吗？日本政府简直像在静等她们都死绝了一样，这种态度让我深感羞耻。

我认识一位朴八龙先生，他 17 岁的时候被强制征工，从朝鲜半岛来到九州鞍手郡的一家煤矿。在那里因为难以忍受超负荷工作和非人的待遇，半年后他抱着必死的决心逃了出来。从那以后，他做过码头搬运工人，还去过军需工厂打工，总算捡了一条命，活着迎来了战争结束。

战后因为种种原因他没能回到自己的祖国，留在日本拼命努力地工作。他虽然会说日语但是不会写字，上了年纪后通过刻苦努力终于掌握了汉字和日语假名，正在尝试着把自己的半生用小说或其他的文章形式写出来。

他写下了对母亲的爱，她在贫苦中养育了他和几个兄弟，又写到了打乱了他的人生的强行征用劳工。这位 77 岁老人的文章深深打动了每个读者，因为他的文章不以巧拙取胜，而是回荡着一个侵略战争牺牲者内心的呼喊。

加害者的忏悔

另一方面，我也尽可能去了解与父亲一样成为加害者的老兵们的经历。其中有一本书我越读越感到心房颤抖无法释怀，我把它一直放在手头，带在身边。

那是中国归还者联络会所发行的季刊《中归连》第二号上登载的已故石田干雄先生写的一篇文章。

石田先生 30 岁时作为补充兵①来到中国，参加了多次“村落扫荡”。老兵们抓住没逃掉的女性强奸时，让他去一边放风。他也盼着什么时候这种事也能轮到自己。1941 年 11 月的某一天，天色像要下雪。他等到这个机会，便在“扫荡”过的村子里到处物色。他看到一个漂亮的女子后没有汇报给上级。

那天夜里，他一个人趁着夜色来到了那个女人家里，擦出火柴看清她睡在火炕上就准备下手。可是没想到他刚扑上去，一旁婴儿的哭声便刺得他耳朵生疼。他想用手捂住婴儿的嘴，但是母亲紧紧地抱着孩子，实在是难以下手。他按捺不住，就像扒树皮一

---

① 补充兵：日本战前兵役分为常备兵役（包括预备役）和后备兵役。补充兵役为后备兵役的一种，一般规定服役期为 1 年。

样，硬是把孩子从母亲怀里扯了出来，拎在手里，朝着火炕灶口满是沸水的大锅，把孩子头朝下扔了进去。锅里的热水一下子喷了出来，孩子“哇”的一声惨叫，母亲也发出撕心裂肺的叫喊声，向大锅跑去。他一脚踢中母亲腰部，把她扔到炕上。母亲虽然不停地反抗，他还是蹂躏了对方，发泄了欲望。

石田先生当时的样子简直就是恶鬼。人能变成这么凶恶的恶魔吗？石田先生痛悔无比地写下了这段文章。我感到非常恐怖，却又被石田先生终身反省的态度所打动了。父亲不也是跟石田先生一样，有着恶鬼和人的两面性吗？

有些人故意淡化日军的残暴行为，说什么“这就是战争啊”“军令难违啊”之类的话，对此我不敢苟同。我不想逃避而是希望正视曾经发生过的一切。因为这不是觉得厌烦就可以挥手消除的虚幻，而是实实在在发生过的事情。事实是如此的沉重，正因为有无数的像石田先生和我父亲这样的人存在，日军才能以“慰安妇”“扫荡”为名，反复地奸淫妇女、烧杀抢掠。

被害者的绝望自不必提，这些行为带给了他们的家人、亲戚、相识、朋友多少悲伤和痛苦，这恐怕只有自己站在被害者一方才能理解吧。我最近才认识到，站在被害人角度换位思考是多么的重要。

还有一个打动我的证言。铃木良雄先生在 1998 年末举办的“南京大屠杀强奸事实解明之东京集会”上，面对听众讲述了自己的所作所为。

铃木先生还是新兵的时候，曾经在山东省参加了肃清讨伐作战[1]。整个村子都变成了地狱，到处都是被捅死、被棍棒打死或被枪杀的尸体。最让人震撼的是全身被扒光、阴部插着竹竿的女性尸体。

可是只过了三年，铃木先生作为分队长（相当于排长——译者注）带队参加讨伐作战时，自己就在休息的时候物色女子。他在村子里到处找一个已经看上的年轻女子。那个女子疯了一样跑到猪圈，把猪粪涂在身上不断抵抗。但是他用枪顶着她，扒掉对方衣服后把她给强奸了。

铃木先生在说出这些时，满脸都是惭愧、歉意与痛苦，令我无法直视。

他接着说：“我带过 100 人以上的部下，但我基本无法证明，这些人中有与性暴力无关的士兵。”

后来我听说铃木先生的妻子反对他为自己参与强奸的事实作证。夫人的心情我也不是不能理解。那为什么即使他付出这样的代价，也要在众人前告白呢？他后来这样写道：

“不把性暴力的情况说清楚，就无法把那场战争的全貌展现出来。”

想来果然是这样，我不禁为他的诚实和真挚所打动。

铃木良雄先生、已故的石田干雄先生、同为宪兵的山形县已

---

① 肃清讨伐作战：也称歼灭扫讨作战、治安作战等，是日本陆军为了对抗中国的游击战而在华北实施的大规模扫荡战，即“三光”作战。

故的土屋芳雄先生和已故的三尾丰先生都是在战后被从西伯利亚押送到中国的抚顺战犯管理所的。在那里，他们受到了管理人员无微不至的照顾，由此他们也恢复了人性，对自己犯下的滔天罪行感到了悔恨。曾经的“日本鬼子”就这样变回有血有肉的“人”，让我看到了“光明”（《我们在中国都做了什么——原日本战犯的记录》新风书房等出版）。

这 1 000 名原士兵在 1956 年回到日本后，成立了“中国归还者联合会”，为了让大家了解侵略战争的真实面貌，这些珍贵的证人们不断地到各地去作证。

据说，他们归国之初被贴上了“那是帮被洗脑了的家伙”的标签，可是我觉得那不是“洗脑”。只要是人，当受到暖心而合理的待遇时，都可以逐渐找回自己的善良本性，从而得以用人性的视角去审视自己以前的所作所为。而且他们能在此后终生坚守“做一个热心人”的理念，这不是“被洗脑”而恰恰是有“信念”。

反倒是到现在也无法从军国主义思想中自拔的那些老人才真是可悲，他们一生都明白不了这个道理。

这 1 000 名士兵能改变思想，多亏了抚顺战犯管理所的管理人员们。他们有很多亲人都被侵华日军所杀害，如果抱有“想把日本兵大卸八块”的想法也是人之常情。但是他们战胜了自己的感情，而且一直贯彻“不对战犯使用暴力，无论什么时候都要尊重人性”的宗旨。这实在是很伟大的举动，让我佩服得五体投地。

我想到了周恩来先生说过的“前事不忘，后事之师”这句话。

在如今的日本，有些人想要把侵略的历史换成合自己心意的历史，他们横行跋扈，这样不是反而会夺走子孙们美好的未来吗？

现在虽然中国归还者联络会的老龄化倾向比较严重，不过最近熊谷伸一郎他们一群 20 多岁的年轻人成立了一个“继承抚顺奇迹之协会”，发行会刊并在互联网上发布有关战争体验的采访见闻，精力充沛地开展各种活动。中国归还者联络会有了值得信赖的接班人，为此我喜不自胜。

东史郎先生和元山俊美先生的证言

除了中国归还者联络会之外，还有很多老人因为对侵略战争感到悔悟而在尽自己的全力去活动。我认识其中两位。我本想鼓励对方，反而从他们那里得到了勇气。

东史郎①先生

我第一次见到东史郎先生，是在 1997 年夏天的一个小型聚会

① 东史郎（1912—2006）：曾参与南京大屠杀，半个世纪后出版《东史郎日记》（又名《我们的南京步兵小队——一个召集兵体验的南京大屠杀》）来揭露日军暴行。1993 年被日记中所记载的某上级以名誉损毁的罪名起诉，2000 年终审被判败诉。93 岁去世时南京市政府专门发了唁电。

照片居中者是东史郎先生，左边是侵华日军南京大屠杀遇难同胞纪念馆朱成山馆长。东史郎先生拿来了我父亲“谢罪碑”的相片，朱馆长接受了下来(2000 年 5 月)

上。当时是一个认识的人带我去的，还跟我说：“有个参加过南京战役的原士兵公开了他的日记，结果被人告到法院了。”我当时没多想什么，抱着姑妄听之的念头去了。

东史郎先生戴着一副黑边眼镜，头发花白，用高亢的声音陈述了裁判的起因、经过和自己的信念。

东史郎先生在 1937 年南京战役时获得过金鵄勋章①，他把当时偷偷写的笔记带回国后整理成了《阵中日记》，半个世纪都没有示人。有一次在别人请求下于“战争展”上公开日记内容获得了

① 金鵄勋章：授予战功卓著的陆海军人以及文职人员，分一等至七等。战后废除。

好评，后来便以《我们的南京步兵小队》（青木书店出版）为题出版了摘要版。从那之后又过了6年，有个战友起诉他：“其中一部分记述是谎言，我并没有杀害中国人，这是侵犯我的名誉。”

这是指书中的这一段情节：占领南京后，他的战友在最高法院前面把中国人装到邮包（麻袋）里，倒上汽油，点燃后，绑上手榴弹，扔到池塘杀害。东史郎先生只是把战争中日军所作所为中的一个片段忠实地还原，而且给当事人安了个化名。但那个战友身后站着一个“在心里仍然穿着军装”① 的原将校集团。东史郎先生在东京地方法院的一审中败诉，他打算接着向高等法院提出上诉。

东史郎先生这次演讲的背景大致如此。然而真正让我心动神摇的还是他证词的内容。

——中队（大致相当于连——译者注）出征后不久，就在河北省屠杀了37名农民，尤其让我心痛的是一个老汉和他的孙子的遇害。老汉把嘴贴在孙子被刺刀捅开的伤口上，吸吮那喷涌而出的鲜血。情形悲哀得令人无以言表。后来那老人也被刺刀捅倒，两个人像串糖葫芦那样被刺杀了。

——有一次，我们发现了五个青年和一个姑娘。我们说这帮人一定是间谍，于是就把男人们给杀了。杀到第五个青年时，那姑娘也不跑。那青年只会说一句日语“谢谢”，即使这边大叫“我

① 这句话取自东史郎在最高法院败诉后的发言：“那帮人现在仍然心里穿着军装呢。”

宰了你”，他还说“谢谢”，大家都觉得被他嘲弄了。一个战友刚刺中那青年，在一旁恸哭失声的姑娘跑来转过身，用憎恶的目光瞪着我们，像是在说：“把我也捅死！”战友用刺刀捅中姑娘的乳房，她便像是遮护着青年那样，缓缓倒下死去了。

——在攻打南京的整个过程里，上级没给我们发过一次粮食，所以每占领一个地方，我们就去找粮食，发现了藏起来的女人，就强奸，而且是五六个人轮奸后，就把她杀掉。我们就是这样重复着野蛮的勾当，一路打向南京的。

东史郎先生说话时站得直直的，脸上略略泛起红潮。我看着他的脸庞不由得泪流满面。爷爷与孙子、青年和姑娘，日军就是这样践踏了邻国的老实人啊。

东史郎先生接着说：

“有些人在家是善良的父亲、哥哥、弟弟和恋人，而一旦穿上军服站在战场上，为什么就能这么坦然自若地去杀害别人呢？日军接受的是‘汝等生命轻于鸿毛①，切勿生受虏囚之辱②’的教育。所以我们那时就认为‘要是我们自己的生命比鸿毛还轻，那么在日清战争（即中日甲午战争——译者注）中被打败的支那人的命就更轻贱，什么清国佬③、野狗、石头都一脚踢飞！’我想正

---

① 出处为1882年明治天皇所颁布的《军人敕谕》，语源司马迁的《报任安书》。

② 出处为1941年东条英机颁布的《陆训一号》（通称战阵训），语源司马迁的《史记》。

③ 清国佬（清国奴）：在清末特别是甲午战争日方胜利后，日本人对中国人的蔑称。相对而言“支那”一词本身尚有其使用的时代背景，“清国佬”是不折不扣的蔑称，现在仍有一部分日本网络右翼分子在侮辱中国人时使用该词。

是这种傲慢的心理导致了后面无差别的屠杀。”

东史郎先生的话一字一句地印在我的心里。这次判决是否能考虑到当时日本兵的这种心理状况呢？我觉得这是一次考验法官对历史的态度的一次重要判决。这次集会，我颇受教益，马上就买了一本《我们的南京步兵连队》。

书中记载，1937 年 12 月 13 日南京陷落，东史郎的部队入城。第 8 天后即 21 日那一天，东史郎先生用平静的笔能记录了之前提到的在最高法院前的邮包屠杀事件：

拿着邮包绳子的西本（化名）说道：“嗨，你这么热，我就给你小子来个凉快吧。”于是就把两颗手榴弹绑在邮包绳子上，将麻袋扔到池塘里了。正当火焰熄灭、袋子沉入水中、波纹逐渐消失的时候，手榴弹在水里爆炸了。水面鼓了起来，接着便静了下来，游戏结束了。

这种事在战场上算不上什么罪恶。只不过西本的残忍真让我们看不起。可是，这件事情马上就变成了过眼云烟，我们的队伍哼着歌前进。我们把一栋洋式楼房定为宿舍，到没有人的家里去搜集粮食，征调窗帘、花瓶、书画等来装饰房间。

“我们的队伍哼着歌前进”……哼着歌，这个词深深地刺痛了我的心。这一令人惨不忍睹的情景，把侵略战争的真实面貌展现给了世人。日本的农家青年们，来到邻国，以游戏的心态将邻国的老百姓折磨至死，完事之后，还能哼着歌，继续翻找周围的财物。他们占领了“清国佬”的首都南京，已经无所畏惧了。他们杀害了和自己一样的老百姓，即使看到那些偎依在尸体旁的人们也没能联想到自己的父母、兄弟姐妹和恋人。为什么他们会陷入这种心理状态呢？是因为被不讲道理、推崇暴力的日军的本质所侵蚀了，还是他们身为天皇军队士兵的傲慢和对亚洲的蔑视所致呢？青年时代的东史郎先生写下的这些经历，可以看出，他虽然当时拥有批判的视角，但思维方式到底还是深陷战争之中。这真是份为数不多的珍贵资料，能让我们了解当时士兵们的心理状态。

在我参加那次集会一年后，1998 年 12 月，东京高等法院宣判东史郎先生败诉。理由是："战争中士兵们不可能玩那么危险的游戏。"东史郎先生的律师团去南京专门用手榴弹绑在邮包上做了实验，并将录像带提交给了法院，却未被法院理睬。这真是让人嗤之以鼻的判决。在判决后的集会上，东史郎先生毅然决然地说，还会继续上诉至最高法院。

心理咨询师小柳女士和我一起来旁听审判，她突然跑到东史郎先生那里要求握手。"我从东史郎先生那里分了点精神力量。"她眼神非常认真，把我吓了一跳。一问才知道她也正在进行一项挑战：在"性的问题"上质疑学界的既成认识，提出自己的见解。原来如此。

实际上我在这一年给父亲立谢罪碑的时候，也曾靠着东史郎先生的事迹鼓起勇气。东史郎先生位于丹后半岛①家里的恐吓电话响个不停，右翼分子的宣传车在他家门口大声喧哗，但这些都没有使

① 丹后半岛：位于京都府北部。

他屈服。东史郎先生的勇气让我受益良多。

除了那种气魄以外，东史郎先生的心理模式和大多数日本父亲并无两样，这一点也吸引了我。据说，他原本以在南京战场上得到过勋章的“勇士”自居，战后常向自己的孩子炫耀。他希望自己的日记作为战争的记录总有一天能流传给子孙后代，所以才回国后把它整理成书。

可是过了半个世纪，当他把南京战役的事实如实公开后，却被战友会除名并且遭到了猛烈的攻击。这个时候，沉睡在东史郎先生心底里那种对被害者的深深歉意才苏醒了过来。他在昭和天皇驾崩之后，读了《昭和天皇独白录》（文艺春秋社）后也受到了很大打击，因为他发现天皇其实在当时对情况掌握得很清楚，是一个好战而且利己的人物。

“我们是为了天皇而战，为天皇献身，可是天皇却一次都没有道歉过！”

东史郎先生对天皇有着强烈的感情，所以才会转化成愤怒。我其实在旁听裁判时也曾有次感到他的言行有点无法理解。东史郎先生是这样对法官说的：

“我在南京战役时因战功被授予金鸦勋章，为了证明日记的记述不是捏造的，下次公审的时候，我会把它拿来对着它起誓。”

“这不是落后于时代的想法吗？”战后出生的我对他的这段话颇有违和感。因为对我来说金鸦勋章是没有任何意义的东西，可是对东史郎先生来说，“天皇”已经彻底渗透到了他身体每个细胞里了吧。在另一次集会上东史郎先生还曾经这样说：

“我对控告我的战友并没有旧怨。道德会随时代而改变。在战争中杀死更多的敌人符合那个时代的道德。‘那完全是错误的’则是现在的道德。所以当时战友出于游戏的心理杀死中国人的事例，按照当时的道德标准来说也算不上什么罪恶。”

刚听到这话的时候，我觉得不对劲。道德可不是能随随便便乱变的，那件事就算在战争期间也是错的。但是后来仔细想想，东史郎先生的话真是说得很坦诚。这位老人深受当时的道德毒害而为天皇奋斗，现在他的那种无奈的心情溢于言表。

我观察着东史郎先生的言行，觉得他真的可算是被强迫参战的日本兵的典型形象。所以东史郎先生的心理变化也应该在众多前日军士兵中有代表性。他们虽然无法彻底摆脱对天皇和那个时代的眷恋，不能彻底挣脱桎梏，但是另一方面对被害者的歉意也一直潜藏在他们的心底。那这些老兵们就不要把那份心痛一直锁在心底，而像东史郎先生一样勇敢地站出来说出口吧！这难道不是留给子孙后代最宝贵的心灵遗产吗？

此后，2000 年 1 月，最高法院驳回了东先生的上诉，用很卑怯的方式避开了这个问题。

而且这么重要的对东史郎的判决，日本媒体竟然提都不提。为什么这么㞞包呢？难道说受点威胁就立刻屈服了吗？

相反，在中国没有人不知道对东史郎先生的判决。中国的媒体都是到东史郎先生的审判现场采访报道。不仅如此，东史郎先生作为第一个赴南京谢罪的日本人，完成了从“日本鬼子”到“友人”的转变，受到了中国人民的普遍敬爱。南京大屠杀纪念馆还特意为东史郎先生设立了一个展示专柜。要想填平日中之间这条巨大的鸿沟，就要看日本的媒体是否有足够的勇气了。

东史郎先生已经88岁高龄，去年（2000年）还大病一场，并做了手术，但现在仍然精神矍铄，今年（2001年）6月，继在中国著作付梓之后，还要在日本出书。一本是《加害与宽恕》（现代书馆出版），另一本是《东史郎日记》（熊本出版文化会馆出版）。《我们的南京步兵小队》（青木书店出版）是日记的摘要版，这次出版的书中刊载了他在行军中记录的所有事情。读了这本书，我发现青年时代的东史郎先生比我原先认为的要更有教养、善于思考，看来我需要修正心目中东史郎的形象了。

最近，东史郎先生在准备进行弹劾法官的诉讼，还打算上告到联合国的人权委员会。

日本仿佛仍然在实行着闭关锁国的政策，虽然国内大肆美化战争的气焰越来越高涨，但是这种不讲道义的错误路线在世界上是行不通的，反而激起了国际上声援东史郎先生的声浪。

“我现在青春虽已不再，但是正讴歌着我的‘老春’。”——这正是东史郎先生有硬骨的人生写照。

元山俊美先生

我第一次见到元山先生是在“南京悲剧不容再次上演”的学

习会上。那天他戴着个贝雷帽，看起来很有风度，给我的印象是绵里藏针。我以为他还不到 70 岁，没想到他马上就快 80 岁了，参战时间长达五年半，这着实让我吃了一惊。

我就顺势请他来我在本地办的学习会（具体后述）里讲一下他的体验。那是 2000 年 4 月的事。我说参加的人很少，有些不好意思让您屈尊，但是他回答：“就算只有一个人听我也去。”他在参加“中国残留妇女①”支援活动时，整天东奔西走，累倒后做了手术，因常年患有心脏病而不得不随身带着硝酸甘油。即便如此，他居然还把战争中穿的厚重的军靴给拿了过来。在这次集会上，他的陈述让我深受震撼。

“现在的日本，堕落到就算有人在路上洒汽油大家都不会互相提醒喽。”元山先生用这句话为演讲开了头。

1944 年 2 月，元山先生终于在哈尔滨等到三年期满准备退伍，但是部队突然接到命令被调往 3 500 公里开外的湖南省衡阳市。路上不断有士兵因忍受不了全副武装的行军而自行了断了性命。

那年 6 月到 8 月，衡阳是当时中国最大的战场，中日双方共有 100 万名将士在此进行激战。元山先生被命令用望远镜侦察战况，在他眼前，呈现的景象让他浑身战抖，知道了什么叫作战争。

---

① 中国残留妇女：1945 年苏联对日宣战大举进攻中国东北后，有大批日本人滞留中国没能回到国内，后为中国老百姓所收养，即“残留孤儿”。其中当时 13 岁以上留在中国的日本女性被称为“残留妇女”。

无论用多尖端的电影制作技术，也无法原封不动地再现战争的惨烈。有资格去谈论肉搏战的，只有在肉搏战里牺牲的士兵。那些年轻人千辛万苦长途跋涉到这里，这个凄惨的结局就是为他们准备好的奖赏吗？元山先生倒吸一口凉气，接着自己也投入战斗中去了。

“要知道那可是一分钟里三万发子弹在天上飞来飞去啊。子弹可不只是在耳边嗖的一声掠过，带出的风，像一个嘴巴打在脸上一样。这可是不得了。眼前的那座山真是很恐怖，你都不知道子弹会从哪里飞过来，看起来跟和平时期所看到的山完全不同。在我旁边的战友被炮弹打烂了肚子，在不停地用手把飞出来的肠子塞回肚子的过程中渐渐死去。这就是战争。

“战斗结束后，捡到埋在土里的军靴时，发现里面脚还留着，蛆虫一团团地掉落下来，让我毛骨悚然。面对同胞已经腐烂的凄惨尸体，这难道就是所谓的‘华丽地死去’‘光荣地战死’吗？开什么玩笑！我那时下定决心一定要活着回去。”

元山先生自己在衡阳和下一仗文明铺（湖南省永州市祁阳县西北部——译者注）战斗中脚部中枪负伤。特别是在衡阳的时候，手术器材之类的啥也没有，连麻药都不打就生把脚扒开取出子弹，他说疼痛冲到脑门儿上仿佛头都炸开了。

后来元山先生又被命令看守中国俘虏，逐渐能与俘虏们心意相通了。1945 年战败后，再次受命看管俘虏，元山先生告诉俘虏们第二天早上就把他们释放出去。俘虏们说：“我们从这里出去后，你会不会在后面命令开枪？你老实告诉我们。”元山先生答道：“我绝不会做那种事，也不会让手下做，如果你们信不过我，可以把这把枪拿去。”于是，俘虏们黎明的时候出去了。过了不久他们每人手里拿着茶碗的破片又回来了，从一个破瓦罐里把老酒倒到破片里递了过来：“为元山队长干杯！”而且他们听说日本战败后非常困难，甚至跟元山先生说带点米回国吧。

元山先生边说边流泪：“到底是谁把这些好邻居给变成了敌人啊！”

回国以后，元山先生看到了日本宪法第九条中的“放弃战争”后，心想：“说得太好了！这一定是先回国的士兵们制定的。”他从心底里感谢宪法九条，深深地相信枪口不会带来任何好东西。

战后，元山先生在国铁①工作，他一直是工会和和平运动的先锋。1991 年海湾战争爆发时，他还起诉日本政府给美国的 90 亿美元支援金违宪。

战后，元山先生还曾两次赴湖南省谢罪。2000 年 3 月，他第三次访问湖南，来到了他最后的战场文明铺，在那里和当地人一起栽种了 200 棵樱花树。这位心脏病随时可能发作的原日军士兵，受到了当地人的热情欢迎。

元山先生那种为敌兵所仰慕的为人和气度，和再也不想见到战争的坚定信念让我深受感动。在绝大多数的前日本士兵们为了自保三缄其口之时，元山先生却在全国奔走、不断演讲。正是因

① 国铁：日本国有铁路。现在日本 JR 铁路的前身。

为有了这样的前辈，我才看到了希望。

元山先生还有一点让我非常惊讶：他虽已 81 岁高龄，但想法却非常灵活具体。在“南京悲剧不容再次上演”会议上演讲时，他的用词之准确、比喻之生动总是让我惊喜不断。据他说，原来他也是只会用一堆生硬的词句说个没完没了，但是后来意识到这样不行。“对方[①]既然善于用暧昧的语言来糊弄人，我们就必须‘道高一丈’，准备好能一针见血的武器。”

还有就是他始终重视年轻人。他在东京积极引导年轻人一起组织举办“731 部队展”“为了和平的战争展”“曾经走过的道路展”“反改宪联合阵线 21”等展出，给了我很大的鼓舞。

2001 年春天，元山先生出版了《文明铺的樱花树》（国际文化评论社出版）。他为了不给心脏增加负担，走路总是慢悠悠的，但是他的脑海里却总是激荡着追求和平的激流。

街区里的反战尝试

1998 年年初，我和朋友村木节子他们一起创办了一个名为“牵手战后一代”的集会组织，旨在宣传“战后出生的那一代人

---

① 对方：这里指日本的历史修正主义者、保守右翼分子。

不能对那场战争一直置若罔闻，要学会更好地站在加害者一面思考”。东京等大城市有很多与战争相关的市民团体和学习会，我想在我住的地区也应该有一个贴近社区、能让大家轻松学习的场所。

学习会基本上是采用请讲师来给大家讲话的形式，有时候也组织大家一起讨论。这时就会有些父辈的话题蹦出来。

A 女士——我还记得小的时候，父亲在洗萝卜的时候看见一个劈叉的萝卜，便很随意地说到，以前日本兵也曾经把中国人的身子给劈开过，闹得我哭叫着向父亲抗议。

B 女士——父亲曾经作为飞行部队的一员去过中国，吃了不少苦，所以我跟他不好问“在战争中您到底做过什么事情”，只能说“您能活着回来太不容易了”。眼下我在养老设施里做临时工，看着这些老人们一天到晚只顾打门球或是唱卡拉 OK 的样子，心里总想着自己将来可不要变成那样。我们应该有不一样的追求。

C 先生——父亲脾气虽然凶暴蛮横，但是他回忆说在出征的时候，看到年幼的女儿流下过眼泪。战后父亲即使会说军部的坏话，但是绝不会带上天皇。过节的时候也仍然会拿出太阳旗。上了年纪后，父亲的想法跟以前相比也已经有些改变了……有这么个能自由发言的场所我觉得还是非常宝贵的。

D 女士——伯父以前是高中教员，他去世的时候，父亲曾说过：“我一直问哥哥在研究所干什么，但是不管我怎么问，他总是不回答，最终还是把秘密带到坟墓里去了。”伯父战争期间在陆军科学研究所工作，还曾任中野学校[①]的教官。伯父的这事一直让我不能释怀。

父辈的话就这么一点一滴地漏了出来。我重新认识到，父辈们很容易说出自己所受的苦难，却很少正面言及有关加害的事情。而子女们也往往很难去询问。

1968年前后，德国也曾像日本一样学生运动很活跃。子女那一代追问父辈“你们在战争中都做了什么”时，据说父亲们也是保持缄默的。1979年，美国电影《集中营》在电视台播出后，德国参与“二战”者的孙子那一代人受到很大震撼，去询问自己的祖父，这时他们才终于开口回答。

这确实是件困难的事情。但是追问父亲和祖父作为人的良心所在——这也是非常有意义的事情。当面向父辈用询问的方式，敲打过他们的良心之后，接下来就该面对自己的良心，问问自己的人生准则了。

跟德国不同，在日本既没有对父辈的严厉追问，学生运动也几乎没收到什么结果。我们这些在政府、公司就职的“团块世代”[②] 有没有为了对得起自己的良心尽可能做过一些努力呢？我们曾经给子女们做了怎样的榜样呢？我觉得这是我们会上应该深入

---

① 中野学校：即战前所设立的陆军中野学校，主要培训谍报人员，因校址在东京都中野区而得名。

② 团块世代：语出作家堺屋太一的小说《团块的世代》，一般指1947—1949年出生的人。因为当时正值生育高峰，所以这三年出生的人数非常多，在社会上抱团，形成了“团块”。

探讨的重要课题之一。

这个组织持续了三年半，每位讲师的话都很宝贵，我在此列举几例。

金子・马丁[①]女士的话

组织的第一次活动由金子・马丁女士（日本女子大学教授）做演讲，题为“战后出生的一代人对战争责任的思考”。

她尖锐地指出，日本式“战争观”的特征有以下几点：“日本是唯一的核武器被炸国”这种强烈的被害者意识；得了集团性健忘症，忘却了作为加害国的史实；掩盖“负面历史”，或将其正当化。

她的演讲中不经意说起的这句话我印象很深：

在日本，无论什么样的公司、政府和组织都有“天皇”的存在。连所谓很民主的组织里也有等同“天皇”的人物，这很让人吃惊。

这个嘛，也许还真是这样的。要不然为什么会有所谓“组织中的执牛耳者”，“鹤鸣一声，百鸟哑音”这样的说法呢？自己上杆子称霸的人固然有错，那些把“天皇”抬到神坛的献媚者们也不是好人，还有人忙着爬到神坛底下捡点好处。

细想一下，在这个国家里年长者和有经验的人就算够不上

---

① 金子・马丁（Kaneko Martin）：1949 年出生于英国，童年在日本度过，维也纳大学博士，后加入奥地利国籍，主要研究欧洲史和纳粹德国的集中营史。

“天皇”，后来的人也不能在他们面前自由地陈述自己的意见。正所谓枪打出头鸟，几乎不存在双方能够平等地交换意见后，得出良好结论的基础。在日本的这种精神氛围里，想要不拘年龄和地位，相互坦率交换意见，难于上青天。与其说是“做不到”平等的人际关系，不如说是根本“不懂”什么叫“平等”。正因为如此，社会才会停滞不前。

我试着反思一下自己的经历。我刚成为教师时仍然保持了学生时代的冲劲，能够坦率地说出自己的想法，也因此受过打击和批评，也曾有过很不甘心的想法。可是当我成为学校的中坚力量，开始全力处理学生们的“不良行为”时，不知不觉就被经验主义和过于自信冲昏了头脑，听不进年轻人的话了。对此我现在深深反省。

我自己也是在这个国家里泡了半个世纪的人，因此无论如何也想学会跟别人构筑一种更平等、更自由的人际关系，所以我才一直在做自我表现的训练。

我希望自己能够坚持做到面对社会上层人士（比如政府高官、医生、大学教授等等）也不卑躬屈膝，拿出勇气平等对话；面对年轻人也不随随便便骂人，努力去发现对方的优点，去接受对方的批评。

金子·马丁女士的意见，给了我很大的启迪。

新井利男先生的幻灯片

在第三次例会上，从事新闻摄影工作的新井利男先生就“抚顺战犯管理所的战犯管理政策”做了演讲。新井先生收集到的战犯们“直笔供述书”刚刚登载在月刊《世界》（1998 年 6 月号）上。他热情洋溢地进行了讲演，还带来了中国山西省“原慰安妇”们震撼人心的幻灯片。

接下来，他放映了 1939 年诺门罕事件[①]的幻灯片，给大家留下了强烈的印象。广阔的荒野上散落着日军士兵的尸骨和铁头盔，曝尸荒野无人回收。除了头盖骨一目了然外，幻灯片上还能辨认出很多腕骨、骨头碎片，以及带着枪眼、锈迹斑斑的铁头盔。我不由得想向他们询问：

——你是谁呀？你叫什么名字？在哪里出生？你一定死不瞑目吧？身为“皇军的士兵”，你们在青春年华被曝尸荒野达半个世纪……

面对持有现代武器的苏军和外蒙古军，日本关东军的战略非常不实际，据统计[②]，6 万名士兵死伤了八成。而且因为国家一直掩盖这场大败，有些日军士兵当了苏联的俘虏，想回国而不得，至今仍留在当地生活。而且，日本没有从这场失败的战役中吸取教训，在中国战场上眼看着无法取胜的时候，一头又扎到太平洋战争里。

看到这里我不由得感慨：“真是弃兵啊！”随后的幻灯片上是荒

① 诺门罕事件：又称诺门坎事件，即我国所称哈拉哈河战役。1937 年 5—8 月，日本和伪满洲国与苏联和外蒙古之间的战役，双方互有损伤，最终以日本败退结束。

② 双方死伤人数，不同时期不同学者给出过很多不同的数据。

野里立起的一根根木桩。这是家属们从日本赶来回收遗骨时立的。连这些木桩也快腐烂了。日军将这片土地变成了战场，给当地带来了灾难。而家属们大多没有和当地人会面，未就日军罪行道歉就立刻打道回国了。对此颇有意见：“他们想来就来，想立桩子就立，想走就走了。”

后来我才意识到这是个很重大的问题。

家属们来到亲人的长眠地，沉浸在家人命丧异域的悲哀中，通过不断追悼以寄托无尽哀思。可是他们愿意了解过这场战斗到底是怎样展开的吗？他们是无奈地认为作战策划得这么周到最终还失败，也是没法子的吗？想过战争给当地带来了多大的损害了吗？

家属们哭诉“虽说你们是为国家而战，可也真是太不幸了”，安慰自己“（亲人们）是为国捐躯，实在是没有办法啊”，虽然我能理解他们的心情，但是这样真的就够了吗？

死者的呼唤，久久回荡在旷野，作为生者难道没有责任更加用心倾听吗？

正如金子女士所指出过的，日本人“不看不想看见的东西，不听不想听到的话”，从这件事也可略见一斑，这让我陷入了沉思，因为自己也曾同样地回避直视父亲作为加害者的那一面。

放映的图片大都是黑白的，失去了色彩的世界，更加衬托出新井先生深沉的目光和对摄影对象的痛惜。

2001 年 6 月，新井先生去世了，这让我深受打击。他为了中日和平友好事业，一直拖着沉重的病体支撑着中国归还者联络会，我对这位同龄人奋斗终生的精神佩服得五体投地。我非常喜欢松花江畔的柳树树挂的照片，不知为什么我觉得这张照片就像是新井先生的心灵的写照。

小野贤二先生关于南京大屠杀的演讲会

我们一般两三个月开一次演讲会，在千禧年2000年到来之际，于2月的演讲会上探讨了有关南京大屠杀的问题。讲师是家住福岛县的小野贤二先生。小野先生现在一家化学公司工作，他作为研究者费尽千辛万苦到各地访问了第十三师团山田支队的约200名前士兵，收集到了共计20多册珍贵的证言和阵中日记。结果他证明以本地福岛县征发的步兵第六十五连队为主，在南京陷落后的12月16—18日在扬子江畔的两处地点共屠杀了15 000名以上的俘虏的事实。这对企图抹杀南京大屠杀这一事实的人来说是个沉重的打击。

我们想更详细地了解调查内容，就主办了这次演讲，并在报纸的活动通知栏里登了广告。马上就有一个老人A打来了恐吓的电话，他跟我们住在同一个街区，但是大家素不相识。

“你们这活动是不是太偏左了吧！在南京几乎没发生过什么屠杀。连东大的大教授①都是这么说的，我老人家可去他那儿听过讲座。”

---

① 东大的大教授：这里指主张自由主义史观的藤冈信胜。

因为电话那边气势汹汹，我不由自主地要求对方不要把南京大屠杀的问题矮化成牺牲者人数的问题：

“要是美国人说广岛和长崎的原子弹遇难者的数字统计得不精确，所以就没有扔原子弹这回事，那您会怎么想？您这么一想就能理解南京遇难者家属的心情了吧？”

“不对，广岛和长崎都数得很清楚没问题。南京的真相给你们掩盖了，这才是让人担心的问题，我老人家要带着同伴来。”

没搞错吧？你这不是满拧了吗？这人看问题真任性，自己怎么想就怎么是。

后来还有人匿名打来了同样的电话，就是那些支持所谓“自由主义史观”的人们。自己所在的街区里竟然也有这种人，我感到有些紧张。

演讲那天以A打头，四个老人和三个中年男人鱼贯而入。在他们保证在演讲过程中不大声喧哗的前提下，我们放这些人入场了。

小野先生演讲得很从容，同时用投影仪给我们展示介绍阵中日记和俘虏的照片。

小野先生的演讲结束，到了观众提问的时间时，他们像小孩一样一边举手一边大叫：“我来！我来！让我来！”

“南京大屠杀的照片肯定都是假的。”一个中年男子话音刚落，另一个男人站起来说道：“我们的学习会和这个学习会的气氛完全不同。”他是想说他们都很有精神，这里气氛沉郁。

他们虽然七嘴八舌说了很多，可到头来对小野先生的演讲本身也没有言及。最后 A 老人说道：

“我老人家可是去打过仗的。没见过战争的人知道什么？我老人家可是去打过仗的！”

你就算是有过战争的体验，可如果被自己个人的体验一叶障目，不能把握战争的全貌，那岂不是没有意义了吗？

这是多么低水准、多么浅薄的思维方式啊！就这水平还有脸自称“自由主义史观”？我有种大炮打蚊子的感觉，不知是否应该生气。而且演讲会结束后，一个中年男子向我们发出挑战：

“让我们公开辩论吧。我们这边儿有小林善范①的书做后盾，你们没戏。战争可不是感伤，战争就是战争。”

我用“原点不同”为由拒绝了他。跟他们讨论只可能是各说各话。

那场战争真的有大义吗？战争不是感伤这种话随口就来，合适吗？你说这话是做好了在战争中牺牲自己的心理准备吗？我一点也看不出来。轻佻，太轻佻了，或者说太孩子气了。平常我也觉得自己孩子气，他们跟我比都有过之而无不及，简直就像小孩子得到了新玩具后高兴地撒欢儿一样。那个玩具就是“南京大屠杀基本不存在，我们应该对自己更感到自豪。日本没有错”这个

---

① 小林善范（1953— ）：漫画家。作品最初多为搞笑漫画，20 世纪 90 年代初在右翼杂志《SAPIO》连载时，用漫画形式发表了大量否认侵略的言论，曾任新编历史教科书编委会委员，是现今日本网络右翼的始作俑者。其所著漫画《战争论》《新战争论》论述侵华战争，否认南京大屠杀，曾在右翼中风靡一时，成了青年右翼的启蒙书。近年略有所转变，多有攻击网络右翼的言论，但并未公开否定过自己之前的作品。

单纯的想法。

也许他们没想到遇害者，或是根本就拒绝往那边想，脑袋还处在“锁国状态”中。我觉得这可真是“不看不想看到的东西，不听不想听到的话”的作风，缺乏正视现实的勇气。

我还有一个感触就是，像这样不承认侵略战争历史的人们的做事方法都是一个模子里出来的。

比如在南京大屠杀的照片中，如果碰巧发现了一张不是南京的照片，他们就会一下子来了精神，你看我不是说么，“南京大屠杀的照片全是捏造的”。[①] 用一点否定全体，就此说照片全是假的，真是天大的谬论。

同样，“原从军慰安妇”的审判证词中，有的“慰安妇”所述证言与之前的证言有出入，前后的记忆不能很好地吻合。没有人能全部记住六十年前的事情，事件前后的记忆不清晰，事件本身的记忆鲜明正是 PTSD 的特征。可是那些人用“因为证言中有谎言，所以所有证言全都不可信”这种方式来歪曲事实。

对东史郎的审判也是一样。他们对准日记中的一个局部，说那个地方是虚构的，所以认定整个日记都没有可信性，进而得出南京大屠杀是虚构出来的这个结论。

---

① 日本亚细亚大学教授东中野修道曾经有过这类主张，《产经新闻》等右翼媒体也大肆渲染过，但被南京大屠杀纪念馆和日本学界相继驳斥。后东中野诬蔑南京大屠杀的幸存者夏淑琴是骗子而被起诉，因恶意捏造证言并篡改史料等劣迹，被法官指出所做的论证“不配称作学术研究”而败诉，就此在学界声名狼藉，但是其论说至今仍被右翼所引用，论证方式仍被保守派效仿。

像这样“先认定某一点是黑的，继而推论全盘皆黑”的做法，煽动了很多不明真相的人对事实产生怀疑。这实在是非常卑劣的做法，也是非常不上档次的做法。

而且可悲的是相当一部分人为其所迷惑。在国际上南京大屠杀是不言而喻的事实，而在日本国内一有报道说“有的研究认为屠杀几乎不存在”①，很多人就判断为“既然怎么说的都有，那就是反正两边都不准确”，并不想认真了解到底是怎么回事。而这正是（否定派）这些人的目的吧。

跟他们打交道很累，但是我觉得能亲眼见到这群人收获不小。

高桥哲哉②先生有关历史认识的讲话

2001 年夏天，在扶桑社出版的历史和公民教科书的采用问题③上，日本国民经历了一次考验。这件事让我心里七上八下的，

① 南京大屠杀否定论者（又称虚幻派），如田中正明、铃木明等人的主张在日本历史学界基本不被认可，但是日本右翼媒体喜欢用他们的言说做两论并记。

② 高桥哲哉（1956— ）：哲学家，东京大学教授。2005 年于时任首相的小泉纯一郎参拜靖国神社后出版的《靖国问题》在日本社会产生了很大影响。

③ 即当时国内所报道的日本新编历史教科书问题。日本保守论者西尾干二、藤冈信胜等于 1997 年设立新编历史书协会，宣称反对所谓“自虐史观”，并于 2000 年推出初中历史课本《新编历史教科书》，2001 年经过修订后通过了日本文部省的审查。该教科书鼓吹虚妄的“皇国史观”，试图否认日本侵略罪行，并且有数十处基本常识性错误和诸多语法错误，受到了日本数十个全国性学术团体的强烈批判和中韩等亚洲国家的强烈反对，最终采用率仅有 0.039%（日本没有全国统一的教科书，一般由各学校在当地政府指导下选择采用）。该书 2005 年采用率为 0.4%，2009 年上升为 1.7%。后部分执笔者在该书基础上进行修改，由育鹏社出版发行初中历史课本《新编日本历史》。保守势力大力推进对育鹏社版教科书的宣传，使其 2011 年采用率达到了 4%，反映出日本社会的保守化倾向。

7 月，就请哲学家高桥哲哉先生做出了题为“历史认识和我们的责任”的演讲。

对如今历史修正主义日益猖獗这个问题，他举出了三个主要原因。第一是战败的伤痕（trauma，德语——译者注）与仇恨情感（ressentiment，法语——译者注）。第二是战后出生者感到自己永远都要被亚洲人指责而产生的抵触情绪。第三是社会上有种风潮，把泡沫经济崩溃也作为一种战败。这些原因造成了这种复合型的逆流。

例如新历史教科书编纂会会长西尾干二在 10 岁时，日本战败带给他的精神创伤一直未能痊愈，被害者意识越来越强，使得他至今没能形成正确的历史认识。下面是西尾的文章：

“《新编历史教科书》的编写背景是，战后五十年，日本处在美苏的夹缝之间，丧失了自己的历史，经历了漫长的痛苦体验。我想要韩国的国民们心胸开阔一些，能理解日本经历的痛苦，具备一点为对方着想的精神，难道这是无理、失礼而过分的要求吗？我从心底里想提出的就是这个问题。换句话说，韩国人只要求对方体谅和同情，自己却毫无体谅别人的同情心，这种被惯坏的娇气，日本人感到非常厌烦，有抵触。对此你们韩国人到底怎么看待？”（西尾干二《给韩国人的信》，见西尾干二编《新历史教科书“组委会”的观点》，德间书店出版，第 22 页）

我非常震惊。至少从这篇文章可以看出他完全是颠倒黑白，我读了，脸都滚烫。当时朝鲜半岛的人们被日本殖民，饱尝了被迫创氏改名[1]、强制连行[2]以及强征“从军慰安妇”之苦。他的认识完全无视这段历史。

西尾干二这种强烈的被害者意识虽然让人嗤之以鼻，但是仔细想想，高桥先生所说的第二、三条原因其实也是缘于被害者意识。具体说就是“我们都是战后出生的，我们自己没有任何过失，凭什么亚洲人民一天到晚跟我们抱怨个不停”这种意识。他们对亚洲人民所遭受的伤害不去了解，缺乏自主性，反而萌生了被害者意识。还有第三条泡沫经济崩溃“战败”也对他们的心灵造成了打击：满心只想着我们是按照上面的命令工作，不去追究引起泡沫的原因和责任，只是沉浸在被害者意识中，不是吗？

这样看起来，我们日本人，怎么说呢，像个孩子一样对自己做的事情只往好处想。这话虽然不好听，但是在如今这么困难的社会里求生存，没有主体性意识、不努力的话，只会造成被害者意识不断膨胀。这样的思考方式怎样才能改变呢？这真是个难题。

学习会还请到以下专家做了富有内涵的演讲：

田中宏先生做了“日本的战后补偿问题”演说；山田敬男先生对“日美新政府方针”进行了解说；埼玉和平委员会的成员阐述了“新政府方针给埼玉县带来什么影响”；边见庸先生演讲的题

---

① 创氏改名：日本吞并朝鲜半岛（日韩合并）后，1939 年作为殖民地皇民化政策的一环，半强制地要求朝鲜人民将固有的姓氏改为日式的姓氏。1945 年日本战败后被解除。日占期的台湾后来也实施了类似的政策。

② 强制连行：这里指日本吞并朝鲜半岛后，在“二战”中强征朝鲜人民服劳役和兵役。

目则是“怎样看待今日的日本”，还有西野瑠美子女士的“从军慰安妇”报告。此外还有符祝慧女士的“从新加坡看战中——战后的日本”，色平哲郎先生的“饥饿与饱食”，佐藤建生先生的“德国的战后补偿”，福田昭典的“花岗判决和解的远景”，还有伊藤真先生的“日本国宪法”。

我们有时候也会办一个“唠嗑大吃会”，听着周防干雄、和子夫妻的歌声稍作休息。我就是这样跟志同道合的朋友们一直细水长流地经营着我们的学习会。

我不禁遐想：在日本的每个城镇乡村要都能有一个这样的小型集会来学习战争的全貌该多好啊！

Chapter 4

第四章 向中国传递谢罪之旅

◇『绿色赎罪』之旅
◇再赴北京
◇东宁之旅

在本书的开头，我写到2000年终于得以访问中国。此后为了传达父亲的歉意又去了三次，每次旅行都意义深远。

下面，我就写一下在幅员辽阔的中国旅行时的所见所感。

“绿色赎罪”之旅

（3月29日—4月4日）

1998年，我在“南京悲剧不容再次上演协会”里，见到了野崎忠雄先生这位高龄的基督教徒。我偶然提起了父亲谢罪碑的事情，他非常感动，翌年在参加访华团访问“侵华日军南京大屠杀遇难同胞纪念馆”（以下作“南京大屠杀纪念馆”）时把这件事真诚地转达给了中方。

野崎先生 1999 年访华回国后使劲劝我“来年你也一定去吧”，但是我有些犹豫：从差不多十年前我就吃不了油腻的东西，吃饭是个问题。而且后来本打算一起同去的丈夫和靠山野崎先生因为身体不好不能参加，更让我有些不知所措。虽然一直不喜欢出远门，最终我还是从认识的人那里拿了些强效的中药，强打起精神参加了。

这个团体是日中协会的“第 15 次南京大屠杀被害者哀悼植树访中团”，团长是冈崎彬先生，副团长是丸山政十先生，秘书长是白西绅一郎先生。他们从 1986 年开始，每年的春天都到南京植树，为侵略战争赎罪，为中日友好祈福。

我与一行 32 名团员是初次见面。也许因为大家参加的是赎罪之旅，所以性情都很温和。冈崎先生和白西先生一搭一档说话非常风趣，常逗得大家忍不住发笑。

3 月 29 日夜里，我们抵达了上海机场。第二天参观完“龙华烈士纪念馆”后就赶往上海站。巨大的车站周围蹲坐着很多从外地来打工的人，我仿佛回到了赛珍珠在《大地》① 里描述的那个时代。不久，火车驶向南京。蔚蓝的天空下放眼看去是一片菜花田、麦田和田埂，一路风景旖旎。在田地里时不时能看到一些两层小楼，带着阳台，颇为时尚，据说那是农民的住宅。这让我真切了

---

① 赛珍珠（Pearl S. Buck，1892—1973）：美国作家，在中国生活了四十年，1931 年创作描写中国农民的代表作《大地》（*The Good Earth*），并凭此获得 1938 年的诺贝尔文学奖。

解到了这一带农民确实很富裕。

3 月 31 日，我们参观了南京大屠杀纪念馆。纪念馆的正面展示着巨大的 300 000 这一数字。在追悼仪式结束后，一个巨型玻璃制的建筑物映入眼帘，里面横着累累白骨。纪念馆的馆址选在南京发生大屠杀的十多个场所中的一个，这里在自来水管道施工时出土了堆累多层的尸体。

我透过玻璃定睛凝视着眼前横躺的一具尸骨：头歪向一旁，张着嘴，非常痛苦地扭曲着。稍远的地方还有一具很小的遗体。他们是亲子，还是完全没有关系的两人呢？光是想象这两个人被杀的场景我就毛骨悚然。这个大人被杀的时候在想什么呢？是在想所爱的家人，还是满心的绝望呢？这个孩子那时吓得心都要跳出来了吧？

这些不知名的人们在被埋葬六十年后，仍然在发出无声的呼喊。南京的街市虽然得到了复兴，加害的事实看上去已从眼前消失，但历史是无法埋葬的。

老师领着小学生和中学生边看着遗体边从我身边走过，这会在他们心里留下什么印象呢？我想想都觉得可怕。

其实，据说中国一开始并没打算建造这样的纪念馆。但是 1982 年日本的历史教科书将“侵略”改成了“进出”后，为了不让历史被湮没，中国才在北京和南京建造了纪念馆。

想到这都是因为日本要埋葬过去而使用了卑怯的手段所造成的结果，我不由得悲从中来。日本战后出生的人们包括我在内从来没念及过这些被害者，这是多么的没心没肺和自以为是啊，这真是令人心忧。

我情绪低落地加入了访华团一行，去和纪念馆的职员见面。在团长的介绍下，我把父亲的谢罪碑的事和对战争后代责任的认识转达给了对方。虽然因为紧张得厉害全身僵硬，我没能把事情说清楚，但是陈副馆长还是很高兴地和我握了手。

当晚，南京市人民政府在和睦的气氛中为我们准备了欢迎晚宴。4 月 1 日，我们去宽敞的珍珠泉公园栽种了 300 棵女贞树。因为是星期日，公园里有很多带小孩的游客，非常热闹。公园的工作人员已经在斜坡上给我们挖好了树坑。我们团里上了年纪的人很多，这种暖心的关照真的很体贴。听说一开始并没有这些布置，但工作人员被发起植树活动的已故菊池善龙先生和冈崎嘉平太①先生的热情和行动所感动，才做了这样的安排。

植完树、吃过午饭后，我看到很多人在公园里快乐地玩耍。有的人在烧烤，有的人在跳舞，还有人忘情地在湖中泛舟。其中最让我觉得赏心悦目的，是那些用花朵做成花冠的女孩们，朴素、大方而美丽。我在她们身上看到了日本女性已经失去的东西，羡慕得不得了。

说起来，南京街道两旁的悬铃木也很漂亮，不仅高大粗壮，而且自由奔放地向天空舒展着自己的枝叶。要是在日本恐怕会把

① 冈崎嘉平太（1897—1989）：日本著名的亲华人士，为中日邦交正常化做出了巨大贡献。与周恩来私交甚密，是本文提到的冈崎彬团长之父。

树枝修剪齐整，而在这里并没有这么做，很有中国特色。

从公园回来，我们横渡长江去参观对岸的南京大屠杀纪念碑。像大海一样宽阔的江面上，白色的汽船来回驶过，景色迷人。但是，就在这里却曾有成千上万的大屠杀遇难者尸体浮在水面上，像一个半岛一样伸向江心。就像我们忘不了广岛、长崎一样，中国人也不会忘记南京。

站在江边，我想起前天冈崎团长提及的往事。1963 年，时任总理周恩来在人民大会堂做了如下演讲：

“中日两国几千年来都是非常友好的。只是这七十年关系比较恶劣。这几十年与关系良好的漫长历史相比较，只不过是一瞬间。中国和日本一定能友好相处下去的。”

冈崎先生说，听到这段话时非常感动。我也深深感到不能辜负这种伟大的宽恕精神。

4 月 2 日，我们分成两路，白西先生等七名成员和我飞往北京。一下飞机我们就直奔卢沟桥，那里是日中战争全面爆发的场所。经历了几百年的风霜雨雪，桥上的石阶已经被磨得很光滑，踩在脚下很舒服。桥栏杆上的一排石狮子形态各异，非常可爱。母狮子的脚下有小狮子在玩耍，而公狮子则在玩彩球，看起来很欢快。桥边有人在卖烤红薯，丸山德江夫妻两人每次都参加这个旅行，给我也买了一个。这真太好吃了！掰开后里面橘红色的瓤子犹如蜜汁一样流出来。我还是第一次吃到这么好吃的烤红薯。

接下来，我们一行人去参观了“中国人民抗日战争纪念馆”。

我们被带到大院里一个中式仿古建筑里吃了顿欢迎午宴。饭菜好吃自不必多说，服务员姑娘们真是可爱得不得了。她们穿着很合身的红色衣服，好像有点害羞，脸上显出健康的红晕。只有周边的氛围宽容、人际关系良好，人的脸上才会露出这种表情。我真希望日本的年轻人也能找回这种健康的面容。

吃完午宴，访问团与馆长张承钧先生进行了会面。我在丸山正十先生后面发言，讲述了父亲谢罪碑的事情。与在南京的时候不同，我的声音颤抖，眼泪直流，心慌得厉害。父亲于 1942 年前后在北京的宪兵队服役。在北京时，父亲到底接受了什么样的命令，又做了哪些事情呢？

说不定这个纪念馆职员的家属里就有人受过父亲的折磨。但是父亲并没有和我说过任何具体的事情，只是不停地道歉，以前把我抱在膝上时，也是尽说中国人的好话。那时，他是不是想再多说点什么呢？是不是想说那些让自己痛彻心扉、无法挽回的事呢？那你怎么不说呢？爸爸，这可不行啊！

不知道为什么，我的眼泪止不住了。我知道这么哭的话大家也会不知所措，可是越着急眼泪越流个不停。坐在我旁边的于副馆长递给我纸巾，并劝我喝口茶。张馆长和其他的员工都很和善。但是他们越对我好，我就越发感到抱歉。

旅行的向导孙曼不停地安慰我说："这不是您父亲的错，错在发动战争的那些人。"她的好意我很感谢，但是如果没有执行命令的人，也就不会有战争，所以执行命令的人也必须承担自己应负的责任。

这之后我们观赏了再现卢沟桥事件的逼真的幻影成像，还参观了抗日战争的历史展，看了记录日军残酷行为的很多大照片。虽然心里想着一定要仔细看看，但却实在不忍卒睹。

所谓“痛得揪心”，就是指这种感觉吧。

中国人说“（罪行）可以原谅，但不能忘却”。如果立场对调，我恐怕说不出“可以原谅”这句话。

在南京的时候我就感觉到过，面对中国受害者的痛苦和愤怒，日本的大部分人是多么的无知和轻率。我深深感到日中之间横亘着的巨大鸿沟，通过这次旅行我认清了这一点，单此收获，便不虚此行。

第三天，我们参观了天安门广场和故宫。故宫只是原先紫禁城的一部分，但我已为其众多的宫殿和豪华的珍宝所折服。实在是太壮观了，以至于我心中甚至升起一股虚无的情感。战争中父亲和伯父利用宪兵的特权，打开了紧锁的城门参观了这里。他那时是怎样的心情呢？是得意无比吗？看过清朝皇帝的强大权力后，他还认为日本能支配这么辽阔的中国吗？

之后，我们在北京爬了万里长城，观看了杂技表演，还吃了北京烤鸭，度过了一段愉快的时光。

终于到了回国的日子。飞机从首都机场起飞后不久，我就问了旁边的丸山正十先生一个问题。他和父亲年龄相仿，战时在上海的宪兵队服役。

“我怎么也想不明白，丸山先生您一开始在上海登陆的时候，真的认为能征服这么辽阔的中国吗？”

“哪有工夫考虑这些！那时候我是新兵，被派去做炊事员。总之，我必须要到周围的村子里去收集，或者准确地说是去掠夺尽可能多的粮食。每天三顿饭得做给士兵们吃，而且时不时还会有子弹飞过来，根本没法思考。”

听了丸山先生淡淡的回答，我想：是这么个情况吗？我虽然也看到了广阔的中国，可有些事只有亲身体会过的人才能明白。

旅行结束后，我开始思考访华团的事情。每年都去中国栽植赎罪的树木，这可不是随便就能做到的。已故的菊池善龙先生们自掏腰包发起了这项活动，他们的热情和事业由冈崎先生和白西先生继承了下来。我深深地感觉到，正是他们的努力才打下了中日友好的基础。

再赴北京（7 月 6—10 日）

那次旅行回来后不久，东史郎先生把父亲谢罪碑的照片拿到了北京和南京的纪念馆。据说纪念馆把这些照片放到馆内一角展示，我感到非常开心。（参照本书 p. 88 照片）

说来挺没出息的，后来我患上了坐骨神经痛，那是一种与生孩子时的痛完全不同的剧痛。

在这种情况下，6 月底前后我突然决定去北京。野田正彰先生写的《战争与罪责》（岩波书店出版）被翻译成中文出版，我去参加出版纪念会和北京的社会科学院组织的与战争相关的研讨会。

这次旅行到北京之前只有我一人，多少有些不安，不过 7 月 6 日抵京后马上就和野田先生他们会合了。刚到和敬府宾馆，野田先生就提议去北京胡同逛逛，我们就和其他五位同住一家宾馆的旅客顶着烈日出发了。

上一次来中国我就感到非常惊讶，中国人骑自行车不管多宽的路，说拐弯就拐弯。路上的信号灯也很少，人们骑车跟机动车挤在一起，快要撞到了也平心静气，把我的脸都吓白了。这跟从生到死都遵守交通规则的日本人是完全不一样的，很有意思。

野田先生无论去哪个国家都会去走访老百姓的生活。据他说，以前吃过的一种又大又黄的香瓜非常好吃，就拽着我们在胡同里兜来兜去四处寻找。结果两个小时过去了还是没买到，大家都垂头丧气地发着牢骚回到宾馆。因为晒得够呛，心情不是很好，但是野田先生说的话却留在了我的心里。

二十多年前，野田先生待在中国的时候经常会去胡同的公共澡堂。泡在并不是很干净的洗澡水里，他总是不由自主地去盯着一些中国老人身上的伤痕，这体验成为他写《战争与罪责》的原动力。我一直觉得野田先生敏锐得有些可怕，但从这件事我感受到了他真正善良的那一面。

为什么野田先生能做出准确而深刻的评论呢？我想这其中的奥妙就在于他不是照本宣科纸上谈兵，而是亲身去体验当地的自然风情，去呼吸当地的空气，去和当地的老百姓聊天。

7 月 7 日，我们参加了《战争与罪责》的出版纪念活动，我也把父亲谢罪碑的事情告诉了媒体。下午和学生座谈，晚上大家在中央电视台拍摄节目，还接受了沈阳电视台的采访，日程安排得非常紧张。

7 月 8 日和 9 日，我们和中国社会科学院日本研究所的研究员们、从日本赶来的研究者、出版界人士以及市民活动家交替进行了研究报告。我也在这次研讨会上讲述了父亲和我的经历以及身边“自由主义史观”派的动向。

在两天的讨论中，最打动我的是赵阶琦研究员的演讲。赵研究员临时取消了自己的学术报告，而是动情地讲出了此时此刻最想说的话。赵研究员孩提时代亲人几乎全被日军杀害，不得不走过了一段艰难的人生，1998 年曾在日本生活过一年。

“我想说说为什么现在中国人重视历史问题。日方的说法是：第一是想利用历史问题压制日本，第二是想从日本得到援助，第三是源自中国共产党的历史定位，基本上就是这么几种说法。可是在 1982 年日本出现历史教科书问题之前，中国从来没有强调过这一问题。周恩来总理说过，只要能承认错误，不谢罪也是可以的。事实上，到现在为止，中国方面从来没有主动提出过历史问题。每次不都是日本方面提出来的吗？从 1982 年的日本历史教科书问题，到 1985 年时任首相的中曾根参拜靖国神社，再到 20 世纪 90 年代很多政治家的失言问题，还有今年在为和平而修建的公共设施‘和平大阪’举行否认南京大屠杀的集会这种暴举，不都是日本在不断地生事吗？”

赵研究员稳重的面容，充满了强烈的义愤。他的话合情合理，我们实在无言以对。看着眼前赵研究员严峻的表情，我仿佛看到在几位亲人都被日军杀害时，年幼的他脸上那痛苦的表情。

——这么荒谬的事情能被允许吗？日本在中国肆意烧杀抢掠后，不仅没有正式向对方道过歉，还总是做一些否认侵略的事。而且在 1972 年中日邦交正常化的时候，中国对时任首相的田中角荣宣布放弃战争赔偿，这种宽宏大量难道打动不了日本吗？这日本到底算是什么国家啊？

我觉得赵研究员的言外之意就是如此，这令我羞愧得无地自容。为什么我的国家这么卑怯呢？我之所以无法感受到身为日本人的自豪和尊严，就是因为我们曾经发动了侵略战争，却没有做到真诚地反省。承认那是一场不折不扣的侵略战争并明确地道歉，尽可能做出补偿，如此理所当然的事情为什么就做不到呢？这就是让人无法有尊严的原因。日本一方面用那不是侵略战争来糊弄人，另一方面又要求大家要有作为日本人的自豪和尊严，这是徒劳的，只会加深日本与亚洲各国之间的鸿沟。

研讨会结束后，我走到赵研究员那里，告诉他我听演讲后的那种无地自容的心情，把父亲谢罪碑的照片递了过去作为一点补偿，这也是我唯一能做的了。

两天的讨论会闭幕时，蒋立峰副所长做了郑重总结，日方由野田正彰先生也做了发言。

中日双方希望今后开展共同调查、共同研究。我认为调查不应局限在对中国被害者在战争中遇害的事实，还应调查生还者日后走过了怎样的人生，将其证词整理好后公开出来。要想让日本负起战争责任，这些工作是很重要的。

战后已经过了半个多世纪，尚未开始着手的调查研究，竟有如此之多，这让我脑子一片空白。日本到什么时候才能做出谢罪和赔偿呢？如果就这样下去，恐怕得等我到了 80 岁才能实现吧？不，搞不好在此之前日本再发动一次战争的可能性也不是没有，因为日本政府和美国政府签署了《日美防卫合作新指针》。

就算是现在着手已经太迟，日本也还是必须解决谢罪和赔偿的问题。如果不能克服过去，那就不仅是现在的问题，还会影响到将来。就像如果扣错了纽扣，就必须从头再扣一遍一样。

我忽然想起了小柳女士的话：

“父亲这一代如果不把那些见不得人的感情和能量释放到光天化日之下，就会再沉淀到儿子、孙子的那一代。”

无法跨越的过去不仅仅会影响现在，也会对未来投下阴影。这样看来作为整个日本的社会问题和我个人的问题，两者之间真的很像呢，因为从根源上这两个是同一件事啊。

7月10日，我顺利地结束了这次活动，一个人踏上了归途。能认识这么多中国的研究者和日本的参加人员是件很令人高兴的事。

东宁之旅

（9月12—20日）

回到日本后，在酷暑中不知不觉迎来了9月，我实现了第三次中国之旅。

人生总是会有不期而遇的相会。7月，我参加北京研讨会，吃饭时，碰巧自由记者班忠义先生坐在圆桌的邻座。在闲谈的时候，我提到父亲最后的任职地点是东宁附近的石门子时，班先生大声说道：

“石门子啊，我很熟悉啊。我今年秋天要再去一趟那里，见一位被强征为‘慰安妇’的老奶奶。对了，那一起去吧，我带你去。”

当时在场的沈阳电视台的职员们也微笑点头。

我一直想着总有一天要去趟东宁，一时高兴忍不住说道：“那就拜托您了。”这事就这么一下子定下来了。可是后来我却开始有些担心。我只知道班先生好像是写过书也拍过电影；而班先生对我的了解也仅限于父亲谢罪碑的事情。初次见面就这么拍板决定，合适吗？

但是仔细一想我又改变了想法。我这人怎么看都是个“不习惯旅行的大妈”，根本就是个累赘，班先生却不假思索地说出“我带你去”这样的话。他的体贴和大度打动了我。

就这样带着七分感动三分担心，我又开始准备旅行。名古屋的队长夫人曾在石门子宪兵队宿舍生活过，她的话又在我的脑海里浮现出来：

“石门子那儿山连着山，那地方的生活真困难呐……”

看地图也能知道那里全是山，可能车都开不过去吧？我想看来只有背着旅行包步行去了。在行前商量的时候，我问班先生：“是不是背旅行包比较好？”他随口回答：“是吧。”

9 月 12 日，我背着旅行包和高桥敬子女士一起从成田机场飞往北京。敬子女士是个非常可爱又聪明的人，她刚和班先生结婚不久。

在机场迎接我们的是班先生朋友的妻子 S 女士。我们径直去了她家族经营的酒店，翌日晚上，我们和从云南省回来的班先生会合。本书的开头我写到这天是我 53 岁生日，正一个人沉浸在感慨之中时，班先生夫妇给我送来了礼物。

9 月 14 日，我们三个人飞往哈尔滨，S 女士夫妇带着他们可爱的女儿多多为我们送行。虽说只飞一个半小时，很高兴飞机还是提供了正餐。窗外的白云像棉花一样飞散，下面一望全是被防护林围绕的农场。这就是中国的东三省啊，我不由得情绪高涨起来。

班先生的大学同学 Y 先生开车来机场迎接，把我们带到了他的公司。Y 先生是中国共产党的地方干部，而且还是一所大型贸易公司的负责人。晚上我们受邀吃了顿俄式美餐后，便来到大街上散步。俄罗斯风格的石板街和庄重的建筑物风韵十足，大家兴致盎然地散步到很晚。

第二天早上，班先生带我们去了旅馆后面旧公寓里的小饭馆。简陋的桌边坐着两个工人打扮的男子。店里的碴子粥和蒸饺非常好吃，我们三个人一共 8 元钱（按当时的汇率 1 元约等于 15 日元），真够便宜的。班先生说："我上大学的时候总是来这种饭馆吃饭。"班先生出生在抚顺，毕业于哈尔滨的一所大学。小巷里摊贩们挤在平价公寓前面，都在想尽办法来招揽顾客。而回到宾馆后一杯咖啡居然要 25 元钱，这差别真是让人惊讶不已。

我们坐上 Y 先生的朋友 T 先生的车，朝着东边的目的地东宁出发了。T 先生是绥芬河一家饭店的总经理，来哈尔滨办完事后正准备回去。他的部下小 O 熟练地驱车在高速公路上奔驰。道路两旁盛开的大波斯菊一望无际，窗外低矮的群山中村落时隐时现，还可以看到收割稻子的人们和坐在马车上的人们。这里如今已经不种高粱了，放眼看去是一片片玉米地、大豆田、稻田。

我们在路上去的饭馆是这一带有名的店铺，好吃实惠。邻座的小 O 也许是看我和他的母亲年纪相仿，对我非常照顾。其实我只是在下车的时候用蹩脚的中文问了他一句："您累了吧？"他能微笑着照顾年长者，让我感到很开心。

我们渡过牡丹江后，在离开哈尔滨 8 个小时之后到达了东宁，在这里与去绥芬河的 T 先生和小 O 告别。

虽然班先生说东宁比起两年前发展了很多，但是一来下着雨，二来宽阔的道路正在施工，很多地方都被挖开，让我感到有些冷清。我们出去吃晚饭时，小摊和餐馆大多都已经收摊关门了，街上也没几个人，我们三个人就进了一家还开着门的朝鲜饭馆。因为这里是中国跟朝鲜的边境地带，所以冷面上堆满了辣椒粉，看着怪吓人的，不过把这些辣椒粉都扒拉掉后，还是蛮好吃的。

回到那家颇有年头的小旅馆，我眺望着窗外感慨万千：这里就是父亲履历书里提到的东宁啊。父亲 1943 年 3 月离开北京被调动至东宁宪兵队，一直待到 1945 年战败。母亲也一起在这里生活过，并生下了大哥。我真的来到了父母和名古屋的队长夫妇住过的地方了。

要是能在这里遇见认识父亲的人我会多么开心啊！但是万一父亲做过的坏事被当场摆出来，我能承受得住吗？

不过，我还是希望能知道事情的真相。"如果能认清父亲罪恶的另一面的话，就能打破我心中仍然残存的那一点对他的幻想，从而彻底摆脱他对我的束缚。”

我从旅行包里拿出父亲的照片自问自答，心情摇摆不定。

过了一会儿，我总算想起来，我不是光为了这一件事情来这里的。我来这儿最重要的目的是将父亲作为一个人所做的谢罪转达给石门子村的人们。这是我现在所要实现的目标，我只要去感谢能实现这次旅行就足够了。

我就这样说服自己，好不容易才睡着。

9 月 16 日，下着大雨，我们迎来了一个寒冷的早晨。出了旅馆我们上了一辆写着“的士”的车子。司机姓杨，30 来岁，身体健硕，看起来很诚实。在大雨中，杨先生握着方向盘，开车驶向西边的道河乡（现黑龙江省牡丹江市东宁县道河镇——译者注）。道路没有铺沥青非常颠簸，到处泥水泛滥。一个半小时后终于出现了一个村落，我们到了道河乡的养老机构。建筑的门牌上写着的不是“养老院”，而是“敬老院”，这字眼让我看着非常舒服。我吃惊地发现有穿着运动服的初中生从里面走出来，后来才知道附近初中的学生有些家住得远，也寄宿在敬老院。

我们好不容易才来到这里，却得知班先生要见的婆婆回老家了，于是我们又坐车去婆婆家里。走进砖瓦房后，发现入口右边的房间一半是土地面，一半是火炕。虽说是 9 月，但雨天很冷，6 平方米左右的火炕烧得很暖和，炕上坐着两位婆婆。

她们其中一位是这个家的中国主人，另一位是朝鲜人，叫李凤云，是在石门子被强征做“慰安妇”的。凤云婆婆被从朝鲜带到石门子慰安所，日本战败时日军把她给抛弃了。她没吃没喝无奈之下和一个中国男人结婚了。可她的身体已经不能怀孕，她的丈夫因此怒不可遏，经常对她施加暴力。丈夫去世之后她无依无靠，被夫家的远亲所收养。

这家主妇40来岁，一看就是个淳朴而和善的人。虽然家里不富裕，但是她却能收养一位邻国的老年妇女，很自然地一起生活，我佩服得五体投地。

我把父亲做宪兵时候的照片拿给凤云婆婆看，但是她说不记得，这让我颇为失望。

之后，我们和凤云婆婆，还有敬老院的工作人员一起在村子的饭馆吃了午饭。当地的美食一道道端上餐桌，凤云婆婆虽然看起来很高兴，却几乎没有动筷子。于是，班先生一边用筷子把饭菜夹到婆婆的盘子里一边说：“来吃点儿吧，吃吧。”就像是儿子对母亲一样，看得我心里暖暖的。据说两三年前她腹痛难耐，当

石门子被强征“慰安妇”的李凤云婆婆（左），旁边是收留她的那家的婆婆

时班先生正好在这里，他把风云婆婆送到了当地的医院治疗。从那以后婆婆就总是盼着："班先生咋还不来啊。"

我后来才知道，班先生受日本市民运动组织"援助原中国人'慰安妇'协会"之托，一直在辽阔的中国各地奔走，帮助照顾着这些原"慰安妇"。我虽然知道有些市民运动组织在援助"慰安妇"一案的审判，但是没想到有人还在做这么细致的活动。

午宴快结束的时候，风云婆婆突然号啕大哭起来，土黄色的老脸泪水纵横。借助于班先生的翻译，我知道她哭着说了这么一段话："我早年没被当人对待过，可是中国人却一直悉心照顾我，还送我进敬老院。我有心想给大家帮点忙，可是老了干不了活了，这让我太难过了。"

坐在一旁的我情不自禁地抚摸着她那苍老的手，抱紧她的肩头，敬子女士忙用相机记录下她的样子。临别时班先生递给她援助金作为一点心意。

接下来，杨先生的车冒雨开往东边的高安村，我们去那里拜访一位同样被强征为"慰安妇"的人，叫李光子。光子婆婆穿着红色上衣、吊眼角、瓜子脸，她好像不记得班先生了。她只会说朝鲜话，班先生也听不懂，我们便找附近的人帮忙翻译了一下。

我说明来意，她也面无一丝笑容，拿出父亲的照片递过去，她也漠不关心。光子婆婆一直表情很僵硬，我出了一身冷汗。但是这不是很正常吗？在她看来，"日军宪兵让我们遭了这么大的罪，现在宪兵的女儿傻不棱登地跑过来干吗？"对此我做好了充分的思想准备。

过了一会儿，她好像记起了班先生，才终于露出了笑容。在确认了光子婆婆的健康状况和生活状况之后，班先生又把我的话和她说了一遍，她用力点了一下头。离别的时候我和她紧紧拥抱，说“您一定要硬硬朗朗的”，我所能做的也只有这些了。在这里，也有人生被日军所践踏，勉力活了下来的女性。

9 月 17 日，雨下得更大了。杨先生的车出东宁向南开去。笔直的道路无限地伸向远方，路两旁都栽着白杨树，风景如画。村落里大量的泥水逐渐泛滥出来，道路也被淹得不成样子了。要是在日本，出租车司机早就拒绝再向前开了，但是杨先生还是加大油门把车开进了村里。

总算到达石门子了。据说这里人口增加了一些，黑色的大门上刻着“福”字的富裕人家也有几户了。班先生带我们去了村里的长者郭庆士家里。

郭老先生已经 81 岁了，他和妻子以及儿子、儿媳住在一起。班先生说明来意后，他就把附近的人都叫来了。我把父亲宪兵时代的照片拿出来，但是郭老先生他们好像都不记得了。聚过来的人们说到当年的事情，一个接一个地开始控诉起来：

虽然宪兵和村里的人接触不多，但是这里靠近中国与苏联的边境，村民们常常被宪兵们怀疑是苏联间谍而没少遭罪。那家的谁谁，这家的谁谁，他们一下子就说出四个被杀害的人的名字。

“但是那个宪兵人很好。对了，是 B 先生。那个人在我忘记带

在石门子的长者郭庆士（右起第二位）的家里，左起第三人是作者

‘良民证’的时候放过我了。”

“啊，对了，那个 B 宪兵有时会不去住宿舍，跑这里来住几宿。”

“但是队长也许因为是管事的，很厉害啊。我没少挨他揍。”

我告诉他们“队长现在 91 岁了，虽然卧病在床但还活着”。有个人似乎有点怀恨在心，惊叫道：“他还活着呐。”

郭老先生当时在一家叫“一松”的咖啡馆做厨师，据他说那时白天将校们来，晚上士兵们到。他们还建了个神社，强迫中国人也去参拜，说着他就做了一下“合掌”参拜的动作。

我把当时宪兵的名字一个个再念了一遍，其他四个人他们都想起来了，可是轮到父亲却总是摇头。

郭老先生安慰我说：

“想不起来，就是没干啥特别坏的事儿吧。”

我拿出父亲谢罪碑的照片，说道：

“父亲就是这样道歉后去世的。我代替父亲向大家道歉。承蒙班先生的帮忙，我才终于能来到这里，能向大家转达父亲的谢罪，真是太高兴了。”

我的泪水扑簌簌地流下来了。在场的人们也都眼睛泛湿，不住点头。大家七嘴八舌地说着：“跑这么远来，真是太辛苦了你了。”

“你的父亲能有你这么好的女儿是他的福气。”

“与你的父亲比起来，发动战争的人才是最可恶的。”

大家真是太好了。为什么中国人的心胸会如此宽广？他们的话语实在太暖人心了，我不知该如何是好，就把提兜里的海苔米饼拿出来，分给每个人两三个（至今我也搞不懂自己当时为什么会给大家发这种东西。有个男孩儿把米饼塞进嘴里后，觉得不好吃就吐了出来）。

我与大家一起合影，留作一生的纪念。

告别郭老先生他们后，我们又赶往当时日本军的官兵宿舍所在地，那里只剩一个可以眺望河川的小山丘，想想曾有几百名士兵吃住在这里，真像一场梦。附近有父亲曾所属的大肚子川宪兵分队的大楼，现在被用作小学校舍了。我本想去参观日军造的要塞，但是道路被雨水的浊流所吞没，只得半路无功而返。

作者在原大肚子川宪兵分队队舍前（现为小学）

回到东宁吃过饭之后，我们又去拜访金淑兰婆婆。金婆婆搬过几次家，我们好不容易才得知她现住在东宁的郊外。金婆婆穿着黑色衬衫，胸部很丰满，脸蛋胖乎乎的，神情非常稳重。她的儿子是个长脸，头上梳个清朝式的辫子。老婆离家出走以后，他就开着不用交机动车税的“三轮车”拉客糊口，一个人抚养小孩。

我又拿出父亲的照片给她看，但是淑兰婆婆好像没有印象。我把父亲的谢罪转达给她，我们两个手握着手不停地哭泣。不知为何泪水总是忍不住流下来。淑兰婆婆、光子女士还有凤云婆婆，跟我一样都是女人，一想到她们的人生被如何残酷地践踏，她们曾经流过多少眼泪，我就心痛不已。

与淑兰婆婆告别后，我们回到东宁的旅馆。我和司机杨师傅道了声“撒哟娜拉”（日语“再见”之意——译者注）。我很喜欢他淳朴而高洁的人格。他告诉我，他要养活 28 岁的妻子和 4 岁的儿子，休息的时候回父母家是他最大的快乐。

小 O 开车从绥芬河来接我们，一行人便上车离开。

在车上，我有种感觉：自己再也不会来石门子了，就想折返回去。我猜想在跟我谈话的时候，郭老先生也许记起了我父亲的事情。我觉得他能记得其他四个人，只是不认得我的父亲不合情理，父亲可是在那住了两年半啊！也许郭先生故意说不记得，因为如果他说记得，我一定会追问父亲到底做过什么。

还有，当有人说“B 宪兵人很好”的时候，也许他们看到了我脸上失望的神情。

那个时候我为什么会失望呢？我早就不期待自己父亲做过什么好事，但是一听见也有好宪兵却不是我父亲，就不由自主地被击垮了。父亲内疚到了留下谢罪文的程度，毫无疑问做过坏事。我在接受心理咨询的时候应该已经接受这一事实了，可是仍然情绪消沉。也许郭老先生敏锐地察觉到了这一点，才始终咬定“不记得了”吧。

我想再确认一下这件事情，忍不住要对小 O 说“请折回石门子”，可是话到嘴边最后还是咽了回去。车子已经在不断开向前方，做不到了。

最终，我还是没能弄清身为宪兵时的父亲的面貌，但是我实实在在感受到了，我的父亲和母亲都曾在这里生活过：名古屋的队长夫妇陈述中出现的父亲的战友，郭老先生他们确实认得；虽然因大雨未能成行，但父亲他们在新年参拜的神社、宪兵队的官兵宿舍就在这里；还有建在大肚子川宪兵分队原址的小学，这些让我有了切身体验。

车窗外是低矮起伏的丘陵，小O的钥匙链上镶嵌着恋人的照片，在方向盘的旁边不断摇动，车子在磁带里欢快的音乐伴奏下向前行驶。班先生夫妇因为劳累而睡着了，我一个人陷入了沉思。

带着旅行包来的只有我一个人，真是不好意思，因为去各个地方基本上坐车都能到。但是这里毕竟还是边境之地。在这里曾有日军的大型官兵宿舍和要塞什么的，繁华一时，真让人不可思议。或者说正因为这里是中国、苏联和朝鲜的国境交界地带，所以在军事上很重要吧。在这块土地上，母亲和队长夫人曾和睦地共同生活过。她们曾在官兵宿舍的周围田地里摘过蔬菜，但那块田地原来是属于谁的呢？“那可真是美不胜收啊”，队长的夫人虽然一心怀念那漫山遍野铃兰的小白花，但是她们并不是游客，而是侵略者的家属。可是母亲她们对此却“天真得不在意”。

所以当状况发生逆转的时候，他们的命运就很悲惨了。1945年8月9日零时，苏联远东军第一军的大部队打了过来。8月1日，父亲接到命令已经前往珲春，母亲和大哥在攻打的前夕坐上了归国的船，躲过了一劫。队长夫妇则一家离散，其他的宪兵也是历尽磨难才得以回国。不仅仅是宪兵和士兵，还有东宁的开拓团和义勇队，甚至被派遣到东宁报国农场的新京（今长春市——译者注）一中的学生也陷入了困境。我昨天和今天造访的地区曾经化为日本人的地狱，不仅东宁如此，整个东北都是这样。

我在心里描绘着当时的情景，虽然现在的窗外是一马平川的平原，但是这里在半个世纪之前却是悲剧的舞台，曾发生过数不尽的杀戮。这片土地所培育的大米、大豆、野草和树木都饱含血与泪，被杀戮的中国人和朝鲜人的魂魄变成了大树的树干，树叶发出的哗哗响声仿佛是他们的悲歌。我仿佛看见日本人从加害者一下子变成了被害者，其魂魄羁留在他国的土地上无处可去，彷徨无定。我现在真切地感到，日本的战争指导者造成了多么大的悲剧。

终于，车子行驶到了绥芬河的街区内，我们到了 T 先生经营的大饭店。饭店的建筑似乎已经有些年头了，店里年轻的男女工作人员很多，让我颇为惊讶。晚饭之前，我们乘出租车去看了看市容。这次又是位很年轻的司机，他看到我们很吃惊地说："我平生第一次见到日本人。"车站前的繁华街道上挂着俄语招牌的店铺鳞次栉比，跨过国境到这里购物的俄罗斯人熙熙攘攘。无论是卖西服和裤子，还是卖电器和 CD 的小店，到处都能看到胖胖的俄罗斯女性。我进游乐厅看了一下，中国人店长刚好在场，他颇为自得地告诉我："这里日本世嘉公司的游戏是经广州从日本引进的。"

我们在旅馆的大餐厅里用晚餐时，墙上的大屏幕里正在播放悉尼奥运会的比赛。我都完全忘了现在全世界正在盯着奥运会，我是彻底地掉出流行文化圈了。

T 先生说"有日本的芥末哦"，说着就很仔细地从芥末管里给我挤出了点芥末。班先生问道"生意如何"，他马上就摇头：

"俄罗斯也不景气，朝鲜也是那德行，而且这里也没有大产业。三个地方都向下坠着很糟糕，哪怕有一个地方能向上蹿也能带动其他两个啊。”

再加上市里又新开了一家旅馆，经营变得很困难，T 先生看上去有些愁眉苦脸。他作为总经理来这里赴任已经第三年了，每月一次的休假，他总是回到哈尔滨去跟上小学的儿子玩、做大扫除或是陪妻子一起去购物。

“您真是个好爸爸呢。日本的父亲必须工作到很晚，都不能陪孩子。”

T 先生听了我的话，瞪大眼睛说：

“那都是借口。不管工作到多晚，哪怕是在孩子的额头上亲一下也好啊。父母必须为养育孩子好好努力。在中国，有很多父母不离婚只是为了孩子的幸福。”

T 先生也许是听说过日本的父母和子女之间的关系比较淡漠，非常认真地提出了自己的意见。我非常喜欢他这样的作风。在日本，自己想正经说点什么也没人跟你认真，像我这样的人无论到什么时候都像个异邦人一样。

9 月 18 日，我们和 T 先生还有小 O 告别后，就坐上了长途汽车。在开往哈尔滨的七个小时里，我一直在看外面的风景。想想也许以后不会再有机会来这里了，我心中颇为难过，定睛将砖瓦房、黄色的大豆田，还有低矮的群山全部印在脑海里。

9 月 19 日，我们坐飞机回到北京。S 女士带领我们逛了王府井和西单等繁华大街。高大的建筑和衣着漂亮的姑娘们与石门子的郭老先生、凤云婆婆他们形成了巨大的反差。广阔的中国，人们的生活相差这么大，我不禁为之叹息。

9 月 20 日，我平安回到国内。先给我的猫咪小栗子喂了猫食，自己也饱餐了一顿寿司。找回在日本的生活习惯后，石门子的一间间砖瓦房，还有凤云婆婆们猛然涌向心头，不由得泫然欲泣。

父亲未了的心愿由我多少传达给了对方，真的很幸运。这次多亏了班先生夫妇我才能认识这么多中国的百姓，才能见到他们真实的生活。这真是一次珍贵的旅行经历。

、

Chapter 5

第五章 战后一代内心的空白

◇致我周围的人

◇战后一代内心的空白

◇我的祈愿

致我周围的人

就这样，我把父亲的遗愿传递到了中国。因为谢罪得到了中国人的欢迎，我感到内心获得了安宁。

我先给大哥和故乡的亲戚们写信转达这件事的始末。不管哪家都回复我说“这很好啊”，让我松了一口气。我自从接受了父亲的遗言以来，不知道该跟谁商量，多少对大家有点儿戒心，现在终于卸下了肩上的重担。亲戚们也对如何评价我立碑这事有些不知所措吧？我既想尊重父亲的心意，但是又在意周围人的目光，内心颇为焦虑不安。这块谢罪碑如果有知，了解到自己的存在已经被中国人得知并受到了欢迎，也能放下心了吧？

有人对我说："可是啊，有好多便宜的农产品从中国进口过来，有些人对此有抵触啊。"虽说不应该将现在的问题和过去的问题混为一谈，但是人的感情是容易变化、不可预知的，我只有企盼大家能用良心和理性来判断事物。

我把去石门子转达谢罪的事情告诉了名古屋的队长夫妇，并寄去了照片。夫人回信说"你做了别人做不到的事情"，她还说看到和母亲一起住过的宪兵队官兵宿舍的照片很是怀念。其实我因为下大雨没去成官兵宿舍，这张照片是元山俊美先生造访东宁时拍摄的。大哥就是在这高大的砖瓦宿舍里出生的。夫人对这里的"幸福"生活有无限的遐思，也许因为之后的逃难艰辛无比，所以记忆中的这段生活越发显得甜美。（2001 年 1 月，夫人通知我队长去世了，享年 92 岁。）

接着，我写信给东京的伯父，告诉了他我去中国传达谢罪的事情，并寄去照片。伯父年事已高，腿脚不便，好几次打电话问我北京和东宁的情况。伯父没有提及谢罪的事，但我认为这是他对我所作所为的默许，对此我非常感激。伯父谈及当宪兵时驻留过三年的北京，怀念起当时的苦乐，也谈到了因为病弱而饱受苦难的孩提时代：

"我的父母是恋爱结婚的，这在明治末期的乡下很少见。但是一向很健康的母亲结婚之后却立刻病倒了，一直卧病在床，夫妻关系也不好。这其中的原因我们做孩子的不得而知。"

听到这些话，我感到离自己的"根"又近了一步，心中涌起了对祖父母的亲爱之情。他们两个人都在我记事之前就去世了，我对他们完全没有印象。父亲出生在父母关系不和的家庭里，可是他却又重蹈覆辙，我不禁悲从中来。

我想，现在伯父一定有说不完的话想告诉我，而当时的父亲心中郁积的话就更多了吧……我又深深陷入痛苦之中。

战后一代内心的空白

就这样，我为了能够找到一个真正满意的答案，走过了这样一段漫长的心路历程。

对于我去石门子一事，有人说“我有自己的准则，所以不想去父亲待过的战场”。他所谓的准则差不多可以概括为：“不是父亲自愿去的，而是被国家命令着去的。”

这种想法是没错，可是我亲自去到当地，见了那里的人们，这个经历是非常有价值的。现在我尤其能感觉得到，父亲那时在辽阔的中国东北部逃亡，大概神经极度紧张近乎崩溃吧？当了十年的宪兵，接着又经历了特殊的逃亡之旅最终活了下来，父亲到底做了什么呢？恐怕迫不得已做过无法对人言说的事。而这一点是我亲自踏上那块土地后，才切身感受到的。

接过父亲的遗言后过了十四年，闷在心里的违和感终于消失了。所谓违和感，就是理性认为“父亲向中国谢罪，一定是曾经犯下过与之相当的战争罪行”，但是感性上总是缺乏具体的感受。尽管我很清楚父亲对那场战争的悔悟之情，但是心里总是空荡荡的没有真实感，现在终于填上了这个窟窿。

我除了去石门子之外，还接受过心理咨询、把父亲的事写成小说，还听过父亲战友的讲述、听过众多的加害者与被害者的叙述，自己暗中摸索，走到了今天。探索的结果虽然不完美，但是“父亲的战争犯罪”这件事在我来说终于有了可以抓到着、看得见的内容和结果了。

我现在可以毫不犹豫地写下来：“父亲在十年的宪兵生活中，的的确确做出过对不起中国人民的事情。战后我所能看见的，是他饱受那份记忆折磨又无法打破缄默的情形。”虽然整个事情概括起来就是这么几十个字，但是回想自己一路拼搏过来走到这一步的历程，真是笑不出来。而战后已经过了半个世纪，居然还在做这种基础性调查，说起来其实很可笑，可我也还是笑不出来。

我是作为战后出生的那一代中的一员，来完成这项填补“内心的空白”的工作的。

如果没有这个所谓的“空白”，也就是说我成长所处的环境如果能够使我通过某种形式得知父亲做过的事情，能够让我了解到被害国人民的痛苦，那我可能会成为一个什么样的人呢？

如果知道“在自己面前的那位父亲虽然只是一个为了孩子而

拼命工作的普通老百姓，但在战争时期却是一个做过相当残酷的事的人”，我也许能体会到人心背后隐藏着的“恐怖”一面，也会纠结如何接受这样的父亲，也就能理解在时代的激流中身不由己的恐惧。如果我能具体了解到对方国家被害者个人的体验，也会泪如泉涌不可收拾，而因为自己的父母也是加害者中的一员，我会更真切地感受到那份痛苦与苦恼吧！

如果父亲能痛彻地自省并说出自己和国家所做过的事情，子女们一定会内心非常震撼，受到灵魂的试炼吧。

历史容不下“如果”，但是我想假设一下。如果战后的一代能够在成长时期对这一段历史充分苦恼过的话，那么在反对越战的运动中就不会只想到越南的被害，还能想到另一方，即跟自己同龄的那些美国青年吧。对于他们成为战争加害者一事，我真是当成自己的事情一样悲伤叹息的。这一代人在对待科索沃纷争时也能更加有代入感。所谓“反对战争”这句话，也就不会像现在这样只是从嘴里蹦出来的口号，而是能成为真正发自内心的呐喊了吧？

不仅是在面对战争时，在日常生活中大家也会比现在更能直视现实、更善于思考对策吧？

战后的这一代中有多少人从自己的父母或者祖父母那里听过战争中的事情呢？我是说，连作为加害者的事实也打听清楚的人会有多少呢？

我参加过很多有关战争的市民运动，大家都忙于运动，没有机会去谈及自己的父母。我认为深挖自己进行这些运动的根源也是很重要的，但是大家往往都找不到这种机会。

我也认识几个有着跟我类似经历的人，比如名古屋的 K 先生曾经听过自己父亲作为原 731 部队队员的告白；A 先生也曾经在其父亲去世前拼命地追问过。

还有我认识的生井弘明先生，他现在 60 多岁，曾经“揭发”了战争中的父亲和母亲的所作所为。生井先生的父亲是位商人，在战争中领着警防团、邻里互助会和纳税互助会为国家效力。在被征调去足尾铜山①和夕张②采矿时，按照当时的宣传口号“战士们在前线浴血奋战，我们在后方全力支援”，他以身作则地拼命工作，如果有同事缺勤，即使不当班他也会来挖煤。他作为“灭私奉公”的榜样从煤矿的所长那里得到了特别的“感谢状”，还骄傲地拿给妻子炫耀，但是却因为劳累过度患上了肺结核，在战败前的一个月去世了，时年 41 岁。

“为什么父亲积极地去支援战争呢?”生井先生自问自答：“也许他只是认真诚实，不问缘由地拼命为国效力吧。”

还有他的母亲在国防妇人会③这些团体里也跟父亲一样拼命为

---

① 足尾铜山：位于东日本的枥木县，在江户时期就以产铜出名，现铜矿已停止开采。这里的铜矿 16 世纪中叶开始开采，20 世纪初成为日本最大的铜矿山之一，并造成过严重的环境污染。从 1940 年前后起日本共强征了 2 400 余名朝鲜劳工在此采矿，1944 年 10 月又从石家庄战俘营押送了 257 名中国人（其中八路军和国民党军战俘共 175 人）在此劳动，有 11 人在途中去世，另有 98 名中国劳工仅仅过了三个月便被折磨至死。

② 夕张：位于北海道。“二战”期间曾有大量中国和朝鲜劳工被强制在此采煤。

③ 国防妇人会：战争期间日本的乡村街道组织的妇女爱国阵线。

战争服务，而且特别崇敬皇室，而反过来对那些中国人、朝鲜人歧视得很厉害，话语中经常能流露出这种感情。生井先生抛开亲情来“揭发”他的父母，总结说“正是因为有像我父母这样的人存在，战争才得以继续”，像他这样反省自身是很重要的。（《留给孙辈的证词》第十二集，新风书房出版）

我们作为战后第一代人，有责任去关注父辈人在战争中的人生，而作为战后第二代的年青一代也有义务去关注他们的祖辈在战争中的人生。我想只有通过填补内心的空白，才能深化思想，升华情感。

在过去的半个多世纪里我们失去了什么呢？

我想其中一个不正是“大义”，或者说是“正义”吗？日本正是因为不去遵循作为人应该恪守的准则，没有发自内心地为侵略战争谢罪并补偿，所以才成为一个很难去追寻社会正义的国家。正因为那场历史上规模空前的大战的罪行都被模糊化，所以较小的罪行也就依此类推很难被追究了。如果社会缺乏追求正义的氛围，便会逐渐腐败，孩子们也会逐渐失去清亮的眼睛，而这正是日本所走过的道路造成的。

我们还失去了一样东西，这很难用言语去描述，或者可以说是“吸引他人走近自己的能力”，一种“能直面他人的悲哀和痛苦的能力”。日本人本来应该像听了广岛、长崎的原子弹被害者的证词一样，了解到亚洲人民的痛苦和悲哀后内心产生纠结，心灵也就能够通过消化这种感情而得以升华。可是我们对此视若无睹，只优先考虑自己和家人的生活，不去想这些烦心的事，变得肤浅而面无表情。

如今我们这一代自不必说，年青一代被问起“从军慰安妇”和“南京大屠杀”也都没有什么反应。他们会用“我们当时不在场不了解”“讨厌你装出一副正义的样子”来逃避问题，不会去诚挚地听取别人的话。其原因就在于这半个世纪里，社会全体和父辈们对加害的事实遮遮掩掩，推卸责任，到头来甚至用挑剔对方国家的问题来掩饰自己的错误。子孙们敏锐地察觉到周围这种卑鄙的气氛，并学会了这种手法。他们会说“被害者的告白听着就像是编的”“没完没了烦死了”，而不会去敞开自己的心扉。

在倾听对方的痛苦和悲哀、试着了解事情真相之前就做出防骗子的姿态，真是一种可悲的心理。这半个世纪以来，随着日本经济快速发展，这种心理也在不断蔓延，把他人的事情当成自己的事情来思考的能力则越来越萎缩。

这样做要能守住自己的幸福的话倒也罢了，但是如今我们不但守不住，甚至遭到了报应。人们很容易一蹿火就杀人，甚至虐待、杀害自己孩子，社会道德不断荒废。我作为其中的一员，自己的心灵也没有得到足够的耕耘。

我深深感到，这就是一直以来无视“他人的痛苦和悲哀”所得到的报应。

我的祈愿

我企盼日本政府能尽早做出发自内心的谢罪并做出补偿，并且希望这一方针绝不要再改变。为了从此能和亚洲人民毫无过节地和平相处，无论如何都必须把过去的事情清算干净。扣子扣错了就必须从头再扣，建立友好的楼阁必须要先打好地基。

2001年，小泉总理大臣登场亮相，他是多么的亲美，让我看了个够；而他对亚洲有多么冷淡，这也从历史教科书的审核问题以及参拜靖国神社的行为中，让我领教了个够。祸不单行，在美国“9·11”事件之后，日本政府不顾一切地要为自卫队派兵海外扫路，这当然会使亚洲人民认为日本要复活军国主义而提高警惕。然而日本是美国的附属国，完全没把亚洲其他国家放在眼里。

自己出生的国家的样子是如此可悲，可是，如果我们不做出改变，那么孩子们就没有光明的未来。日本首先应该珍视与近邻国家的友好关系，谦虚地接受自己是亚洲国家一员的事实。同时大人和孩子应该一起正确地学习近代史，尤其是明治维新以后的日本侵略战争史，这样面对亚洲人民时，自己的态度就会自然端正起来。

我特别希望国会议员能好好学习侵略的历史。再就是希望能够促成议员们听取中国归国者联络会的会员东史郎先生和元山俊美先生等人的陈述。我企盼这些人的证言能使议员们的心灵受到震撼。

我还有一个愿望，就是希望日本的社会能充满一种柔和的人际关系氛围。战后封建家长制本应消失了，但是日本人并没学会真正的民主主义。无论是在政府、公司、学校还是医院到处都充斥着上下级关系。大家能平等提出意见的空间越来越小，让人感到窒息。

社会上需要一种让人可以自由伸展的氛围，在上司说出“就这么办”时，作为下属能被允许马上站出来说“不，那个方案不好，这个方案比较好”。如果不这么做的话，一旦上司一头扎入歧途就无法制止了。或者在会议上要做出一个决定的时候，需要能让“不是那样的”“好像有点不对劲啊”之类的窃窃私语能为大家所听到。

在上下级关系过于死板的社会里，欢笑、闲适和智慧都被抹杀，即使决策层愚昧无知也没人能纠正他们。如果社会不能容许人们轻松地说出“我是这么认为的”，不能给大家提供吐露真情、抱怨的场所，那么就不可能持续成长。

我的企盼还有很多很多，可是这么写来自己都觉得有些无奈。现实里的国会正在毫不负责地为国家导入可以进行战争的体制。现实社会中别说什么闲适了，大规模的解雇和长时间超负荷的劳动越来越横行无忌。无论是老人、中年人、青年人还是孩子们，大家都承受着经济上和精神上的双重打击。在这样的时代里说点自己的愿望又能有什么用呢？

难道说只有听之任之，只能大家一起滑入战争了吗？只能吃了上顿没下顿忍气吞声吗？难道说等待我们的只有“绝望”吗？

说实话我也不知道这个国家未来如何。一直以来，这个国家中大多数人选择了一种没有自我、随波逐流而不负责任的生活方式。想改变这种生活方式是非常困难的，今后恐怕也不会一下子有什么变化。这种想法很悲观，但是我也不知道今后会怎样。我只能说，我是确实不希望我们继续这样沉沦的。

我希望哪怕一个两个也好，有更多的既不愿成为战争的加害者，也不愿成为被害者的人能站出来做些什么；哪怕一个两个也好，那些为了保卫自己的生活不受战争阴影威胁的人能携手一起奋斗；哪怕一两个也好，忧心地球环境遭受不可挽回破坏的人能行动起来；哪怕一两个也好，在学校不合理的人事制度管理和形式化的研修活动中被压迫得喘不过气的老师能聚集起来商谈对策；哪怕仅仅一两个人也好，为媒体不进行客观报道而苦恼的新闻工作者能挺身而出验证已有的报道；哪怕仅仅一两个人也好，认真努力地奋斗过却沦为流浪者的人们能顽强地活下来，在社会上发出自己的声音。

我发现自己的愿望已经没有止境了。一个或两个人，只是区区的一两个人。可是只要这一两个人能真正行动起来，其结果是不可估测的。我强烈地希望，这一两个人激起的涟漪，最终能成为推动时代前进的巨浪。

附录　回顾我的“心路历程”

——与小柳茂子女士的对话

“后代会继承父辈的阴影”之说

仓桥　自从那次心理咨询后，已经过了四年，我觉得那段经历在我的人生中有着非常重要的意义。特别是“孩子们会继承父辈的阴暗面”这句话为我除去了眼睛上的白翳。后来我才知道，小柳女士您的这个感受来自您母亲。

小柳　是的。我母亲已经去世了。她 12 岁的时候为了养家就以 300 日元[①]的价钱被卖作艺伎了。啊，这段话您书里可以写下

---

① 据作者说明，此事发生在 1926 年（昭和元年）。当时国家公务员第一个月工资为 75 日元，作为物价指标之一的米价为白米 10 千克 3.2 日元，可作为当时日元价值的参考。

来。后来母亲 16 岁的时候喜欢上一个人并且怀了孩子，他们私奔的时候被人发现后差点给卖到了游郭[①]。虽然人家高抬贵手，但是她却被那个男人给抛弃了。周围人都反对说：“干那种营生的人，生的孩子都不知道是谁的种。”于是我母亲就成了现在所谓的单亲妈妈，我就有了个大我 26 岁的哥哥。我的母亲因为曾经被卖身和受到过性伤害而有负罪感，自己给自己烙上了“我不行”的烙印，常年以来一直忍受着父亲的外遇和暴力。

父亲也是穷苦人家的小儿子，五六岁的时候手里揣着连单程的车费也不够的那点钱被亲戚领走收养。在亲戚那里他饱受欺负，10 岁的时候离家出走，历经艰苦考上了大学。父亲也受过心灵的创伤，而他把那种痛苦转嫁到了母亲身上。

过了很久以后，母亲临终时，我才得知父亲之所以老对母亲发脾气，一部分是因为母亲的性冷淡。母亲虽然作为女人受到了伤害，但却因此更加责备自己，常常把“都怪我生为女人啊……”挂在嘴边。虽然我对母亲有所反抗，“我不会像你那样”，但总觉得自己抬不起头，而且最终也没能改变这样的母亲……

仓桥　没能改变？是指您母亲的看问题和感受事物的方式吗？

小柳　是的。正因为如此我身上背着一种责任。我在女性主义心理咨询中心给大家做咨询，在很大程度上就是因为我背负着父母那一代人的责任。母亲没能做到的我来做，所以才会跟仓桥

① 游郭：指江户时期到战后红线区被废止前政府所公认的妓院区。在东京以吉原和品川比较有名。艺伎尚可不卖身，游郭的妓女则会被强迫卖身。

女士您搭上关系。就好像您父亲因为心灵受的伤害过重无法做到的事情您接过来继续做，您来抚慰父亲在战争中身不由己的那一面心情，来洗刷您父亲的污点。

仓桥 从这个角度看来咱们两个人的经历有相像的一面呐。

小柳 是啊。另外，我还想指出一点，做这些事还有摆脱从父母那里继承下来的各种阴影的效果。您不是也写到您是一边处理您父亲遗言的事情，一方面也在做整理您自己的事情吗？您父亲因为自己的伤痛难忍而转过来伤害家里人，您自己也无形中成为父亲的帮手，这不就是您一直以来的负罪感吗？可是当您去试着摸索其中的原因后，您就能逐渐发现事情的原委，发现不用过度责备自己，不是吗？

仓桥 嗯，确实如您所说。

小柳 我曾经摆脱过母亲。因为不想成为我母亲那样，所以我舍弃了乡下老家，也抛弃了自己作为女性的那一面。妈妈一辈子没能活得像个女人，所以把希望寄托在了我身上，想着我能在生活中肯定自己作为女人的那一面。但这是一种互相矛盾的心理。我是想通过否定母亲的人生为自己找到出路，但内心深处仍然有一种对母亲赎罪的感情在里面。我能发现这一点，是在跟仓桥女士您面谈之后吧。我这才终于明白了我为什么会从事女性主义心理咨询的工作。我那个时候正好 42 岁，妈妈生下我时也是这个年纪。与仓桥女士您的面谈给我提供了反思自我的宝贵的机会。所以我才说咱们两个人是实有共通之处的。

仓桥　那就是说，您抛弃了故乡来到这里后立刻就打算进修心理学了吗？

小柳　是啊，是这样的。一下子，立刻就下了决心呢。

仓桥　原来如此啊，我之前也想过学习心理学呢。我厌恶养育我的这个一家人互相伤害的家庭，所以也为了避免重蹈覆辙而想到学习心理学。父亲虽然老是让我学医，但是我觉得只有心理学才能拯救自己。可我看了心理学的入门书后，心想心理学原来是这么枯燥无味的东西啊，真的是很失望。接着就想到教育学恐怕更能拯救人，所以就非常简单地想到要当教师。那时我又卷入了学生运动……

小柳　我们两个人根儿上是差不多的嘛！

仓桥　真是一样呢。只不过我这边是因为父方的问题，您那边是因为母方的问题；时代背景也有所不同，我父亲是为了摆脱贫困，您母亲是为了拯救自己的家庭。而且我父亲当宪兵时在战场上做过残酷的事。

小柳　没错。您父亲的负罪意识和罪恶感以一种“不能落到别人后头”的方式喷涌出来。我母亲虽然自己说“为家里人做了牺牲”，但是其实是认为自己是污秽的存在，心里有一种烙印。我们两个的潜意识被父母无法解决的问题所纠缠，不得不寻找自我，这一点很相似呢。父母发出的信号往往是非常矛盾的。虽然嘴上教训你应该怎么做，其实自己也同时受到伤害，同时也在责备自己，甚至做的跟说的相反，这些潜意识发出的信号子女也会接收呢。

仓桥　确实如此呢。孩子们完全不知道父母到底背负了何种东西，只能对父母的每次行为做出反应。

小柳　是啊。仓桥女士您是通过调查战争时的情况和形形色色的暴力，找到打破自己桎梏的契机，我则是通过参加女性主义心理咨询的工作来给自己解套的。

仓桥　是啊，没错。前天我参加了“南京悲剧不容再次上演”的集会，在那里跟一位三重县的老人聊了一会儿。他说道，当自己还是新兵的时候，看到老兵轮奸了一位中国妇女，然后直接把她赤裸着身子扔到行军的队列里，让她跟着前进。当时她就走在自己前面，可是自己因为背负着重装备行军非常辛苦，没有闲心观赏女人。走着走着，一名老兵说道：“这女的好像累了呐。”就把那女人的婴儿从悬崖上扔了下去，接着那女人也跑到悬崖从上跳了下去。我当时觉得她们母子很可怜，可也没更多想什么。“事到如今一想起这事……”老人哽咽着说不出声了。这种话有很沉重的压迫感，我听着就忍不住流下了泪水。听着这些话，我能想象出父亲当年的心情和那个时代的情况，对我来说是件好事。

小柳　是啊。而且同时心里会涌起一种感情，即这种事情是绝对不能被允许的。在愤怒中我们会非常强烈地感受到人应该是怎样的存在，什么是值得珍视的，对吧？

仓桥　没错没错，我的想法跟您一样。我在接受女性主义心理咨询的时候也感受到了同样的东西。在接受咨询的时候我觉得非常不可思议的是，小柳女士您很年轻，比我小 10 岁左右，但是在说起战争的事情时跟我的步调这么一致。当时我真的不知道其中的缘故。

小柳　我想这也许是因为我们两个人的本质有相通的地方吧。而且我那时能理解仓桥女士您在做一件非常非常重要的事情。

仓桥　啊，怎么说呢，我好像总算能看清楚了。我去着手解决父辈的问题，去了解那个时代，站在受苦受难的人的立场上体会他们的经历，其实就是找回自我的过程，对吧？

小柳　既是找回自我，也是解放自我啊。同时，也是对父母的祭奠。我们是由这样的父母所生，继承他们的遗产并且加以净化，这个过程也就是对曾经在那种人际关系中受到的伤害进行一次祭奠。而且我多少能从您身上看到自己的影子，我觉得这件事就是仓桥女士您应当承担的使命。

仓桥　使命？

小柳　嗯，是的。我认为把父母那一代人很深刻的问题用语言表述出来，用一种大家都能看得见的方式披露出来，这是您父母托付给您的使命，您也就是因此才会出生在您父母的屋檐下的。仓桥女士您拥有这种力量，这就是您的使命。把从这些事情中得到的经验教训提供给其他的人，让社会全体共有这份记忆，您应该拥有这份使命感啊。我也觉得自己就是为了做女性主义心理咨询，所以才会出生在那样的父母之家。我从父母那里得到了做心理咨询的能力。母亲因为没有能力面向公众组织语言所以做不到。

仓桥女士，您的父亲也是无法对自己的行为内省后付诸文字，所以做不到，对吧？所以这就是仓桥女士您的使命，这我在第一次给您做心理咨询时就感到了。

仓桥 是这样的吗？我自己是完全没感觉的。我只是为了让自己内心能满足而不断暗中摸索走过来的。

我还有一个事情想问您。在一次心理咨询的时候我突然“哇”的一下痛哭失声，您就立刻终止了面谈。后来您说过“如果心理咨询是宗教的话，也许您能从某种程度上得到救赎”，这是什么意思呢？

小柳 嗯……您说的我记不清了，您再说详细点。

仓桥 在那次向您咨询的前一天，一个名叫三尾丰的原宪兵给我寄来了一张明信片。上面写道：“我们已经拼命地作证，去中国谢罪了，但是看来还是得像您父亲那样死后也必须继续谢罪下去啊。”我读了之后痛苦得不得了，忍不住就在您面前哭出来了。

小柳 啊，我好像想起来了。我说那种话可能是由于仓桥女士您的眼泪不是因为对某种事物感怀至深时流的眼泪，而是自责的眼泪的缘故。打个比方说，就是那种认为自己必须永远被地狱的油锅煎熬，或是只能一直坐在针山上受苦时流的那种眼泪。我当时可能是想跟您说“不是这样的”。

仓桥 嗯……说到底，我父亲老是在责备自己，好像自己已经无法被拯救了。我也继承了父亲的感情，不知道该如何是好。

可能当时就是那么一种感情吧。

小柳　您这样说的话，跟我刚才说的使命有相同之处。把事情还原为本来面目，在社会上不断地去呼吁“这种事天理不容”，就是做偿还。杀了的人无法偿还，但是宣传一个人的生命是多么宝贵，就是一种偿还。仓桥女士您也承担了这个任务呢。所以我说这等同于您祭奠父母。

仓桥　是这样吗……

小柳　如果说我母亲的痛苦是身处血池地狱的痛苦的话，那么您父亲的痛苦也许可以说成是针山地狱的痛苦？如果说他们不得不在这些地方待下去的话，那仓桥女士您在做这种工作时，也是像神仙或佛祖那样在传递“不可以再做同样的事情”这一信息吧。我觉得这好像是一种轮回。所以当时我想说“不是这样的”。这应该是一种一边赎罪一边向社会进行偿还的过程，应该考虑到救赎的问题。

仓桥　嗯…… 通过去着手处理父母那一面的问题，能感到自身被解放是吗？

小柳　就是解放啊。面对跟父亲有同样命运的人、正在遭受不幸的人和今后可能遭受不幸的人传递信息就是解放他人嘛。

时势的力量

仓桥　在出版这本书的时候，有个问题让我非常在意，那就是写到立碑的过程，以及回顾生养自己的家庭时，不得不把家里人的相关琐事都写出来。那么读了著作的亲戚，或是周围的人会不会跟家里人说些什么呢？著作涉及的相关人士又会怎样想呢？会不会觉得让对方感到痛苦呢？按社会上一般人的感觉，家里又是立谢罪碑又是有人自杀，也许会被人背后指点吧？

小柳　这样吗？

仓桥　这近一年的时间里，我一边写书脑子里全是这件事。可是我还是想写出来，想写在纸上后能得出一个结论。把书稿送到出版社后，对方说“很受感动”，立刻就给我出版了。可是这个问题还是总在我脑海里挥之不去。

小柳　我倒不这么认为。如果您亲戚或娘家人读了，就能了解自己家里的情况和经过吧？虽然表层的意识可能有抵触，但是潜意识会得到拯救。您一个人做出这么了不起的祭奠，您的整个家族都能得到拯救。家族在潜意识中会继承父母甚至祖父母的各种信息，所以您家族里所有相关的人或多或少会被其束缚着的。

仓桥　啊，是这样啊。我听您这么说总算心中的石头落地了。我就在意这个问题。出版这本书我自己被别人怎么说都可以承受……

小柳　那您不用担心。有些八卦书通过写一些所谓的事实来暴露他人隐私的话可能会有人受伤害，但是您这本书不是这样的，不是伤害别人或是毁坏什么。您把您的经历写成书是完全理所当然的。

仓桥　您能这么说我真是太高兴了。

小柳　所以说，您所做的事情，包括各种偶然的因素，您为了完成父亲的使命而做的各种事情和过程，怎么说呢，可以算是时势造英雄吧。您上电视，去中国，想做事的人时势会推着他前进的。这也许就是我的宗教观吧。不是什么神佛之类的。我觉得想往前走的人就会如有神助地不断前进，这是理所当然的。

仓桥　是吗？是这么回事吗？

小柳　所以说，您别认为出版这本书会给很多人添麻烦。因为这里面凝结了各种各样的邂逅，是您努力的结晶，不是吗？如果说这个时代有很多东西能收录进您的书中是时代的感召的话，那您一定会不断地走向社会舞台的前台的。这里面不光是仓桥女士您的努力。

仓桥　这看法是来自您独特的感性吗？

小柳　这是我做心理咨询时想到的。当某个人真心地去做一件自己生来肩负的使命，当他真的用非常诚挚的心情去做的时候，就会得到天助。他可能会用各种方式来给自己套上枷锁，比如不想去思考、不想面对、将事情的不顺利归咎于他人的阻挠，等等。但是当他逐渐摆脱这些枷锁，看清自己应当走的路时，就会有意外的人成为朋友，时势也会助他成功。这就是荣格①所谓的共时性。时势一定会帮助她的，这就是我做心理咨询时想到的。荣格也说过这些话。

不可思议的心境转换

仓桥　是这样啊，我以前从没这么想过。我没怎么去回顾自己身边发生过的事。啊，对了，美国不是遭受恐怖袭击了吗？那时候全世界的人应该都受到了震撼，我也觉得承受了沉重的负担。恐怖袭击后不久，我有生以来第一次开始在早餐前祈祷。感谢阳光照耀大地，自然环绕在周围；祈祷阿富汗的人们能得到拯救。真是这样。我就祈求世界不要毁灭。我会觉得每天小鸟鸣啭、小猫洗脸也是非常伟大的事情。

小柳　这个嘛，确实恐怖袭击是件对您影响很大的事，但

---

①　荣格：卡尔・古斯塔夫・荣格（Carl Gustav Jung，1875—1961），瑞士心理学家。曾是弗洛伊德的合作者，提出了集体潜意识等概念，对心理学产生过深远的影响。

归根到底还是您当时正在全力做一件事情不是吗？仓桥女士您热爱和平的心灵就显露了出来。

仓桥　嗯……也许真的是如您所说吧。我好像翻过了一座山，现在看什么都觉得那么可爱。今天来这里时我在城轨车厢里看到有个高中女生在旁若无人地高声喧哗，我却觉得人活着就该是这样吧。怎么说呢？好像看别人都有种莫名的感慨。

小柳　哇，真厉害。

仓桥　我也不知道为什么，每见到一个人都有种非常亲近的感觉。怎么说呢？也许搞不好是快到阿弥陀佛来接我的时候了吧？

小柳　您这么想吗？我觉得可能还是因为您终于完成了一件大事业啊，把您出生的家庭的某种使命给完成了。

仓桥　我之前总是心慌气急、焦躁不安，总觉得必须得做这件事，总在想怎样才能把事情做得完美无缺。其实原本没必要这样的。

小柳　我倒是觉得您天生就是这种性情中人，所以才能完成这项重塑心灵的事业。当发生恐怖袭击事件时，一般人会非常恐慌吧。可是您不是这样的，您发现世上的东西是这样的美好，这是您与生俱来拥有的感情特质。

仓桥　现在虽然可以说些感谢周围、觉得世界美好的话，我当时可是非常强烈地感到自己的软弱无力。我家附近有个无家可归的人，四十来岁，看上去挺诚实的。我前一阵子问他“还好吗”，他就回答“没问题”。听到这个我就有种想哭的感觉。后来我有一次出门时给他拿了点吃的，然后同时在一张纸上写道：“如果我们家有危机的话，也请您帮帮我们的忙。”后来过了一周，我又给他宿营的地方放了条毛毯。如果是以前的话，我可能是以一种居高临下的善意，认为我应该做这事所以做，现在则有一些想跟对方互相依靠的感觉，态度相对地不那么生硬了。

小柳 嗯……您好像挣脱了束缚了。你所感受到的这种平静，和对事物的眷恋在某种意义上是您的父母都不曾拥有过的。父母的肉身即使死去，与子女仍然是连在一起的。这真是给您父亲的一件非常好的礼物。您父亲也一定希望留在这个世上的人不是在痛苦中挣扎，而是能感受到对周围的眷恋吧。

仓桥 是这样的吗？靠着小柳女士您的指点，我终于可以找到自己的位置了。我自己是弄不清楚的啊。还有一件事想感谢您，我以前一直与母亲和哥哥们的情感有隔阂，通过那个心理咨询，终于感到我们一家人的感情能交融到一起了。哥哥的一生也是充满了压力，很痛苦啊。反过来看，其实我也并不自由，总是觉得自己必须要有出息像个样子，自己家里人也都必须得严格要求自己。真是作茧自缚啊。

小柳 是的，您那时候很在意自己是不是冷血这件事呢。

仓桥 还有就是我现在能和伯父有交流，这让我非常高兴。我以前总是在他面前有些紧张，别说我，我父亲在他面前也紧张。可是看看现在，真是不可思议呢。这些事情都是相互联系的吗？我自己以前确实是在跟别人交往时容易设防，无法和别人心意相通。

小柳　您现在一定能做到和别人心意相通。

仓桥　真的是不可思议呢。我现在可以毫不遮掩地说出自己的弱点，也能非常坦率地说“这事弄砸了”，“这话说过头了”。这是为什么呢?

小柳　这大概是因为您能把别人当成自己亲近的人吧。您如果跟别人情感不能相通，您心里的那些认为不能有的、不可以的、不好意思的东西就会越积越多。而如果您能和别人心意相通，那么就可以认同自己有软弱的一面，有非常可爱的一面。能够这样来看待自己的话，精神压力就小多了。所以说，您现在跟别人“通了”。

仓桥　嗯……谢谢您。哎，我好像又接受了您一次心理咨询呢。我觉得好像能看到事物的全貌了。真的是非常开心，非常感谢您。

小柳　我也一样。能和您进行这么深入的谈话非常高兴。

——通过这次一个半小时的谈话，我头一次觉得自己走过的人生连成了一条路。也许与此相关，我还觉得我自己这个人也终于形成了一个完整的人格。小柳女士，谢谢您。

（2001年12月17日的谈话）

结　束　语

从 2000 年的 11 月开始，我就想将父亲的遗言和自己的心路历程整理成书，但是直到 12 月才开始动笔。因为不知道该写到何种程度才好，虽然时光飞逝却进度迟迟。特别是冬天一个人坐在书桌前，很多时候，心情抑郁，备感孤独。与从前的父亲、母亲和哥哥们在心里再一次相遇，去确认这个家族是侵略战争的遗腹子，这种工作实在是让我非常痛苦。为什么自己偏要做这件事呢？大家的父母不是都参加过战争吗？我始终无法摆脱这个心结。

就这样迎来了春天，我总算把情绪整理好了。我认识到，我这样把家族和自身的阴暗面暴露在人前，是为了不再让世上有这样的家庭，能让自己身后的年轻人有更加光明美好的未来。

在这期间，扶桑社出版的《新编历史教科书》被采用事件轰动全国，小泉总理参拜了靖国神社，我内心又泛起了波澜。

接着，2001 年 9 月 11 日，美国发生了恐怖袭击事件，大规模报复举措让世界大战的危机迫在眉睫。我们已经不再只是战后出生的第一代人，我们一下子进入了新的战争时代。

想想都已经进入下一个战争时期了，自己还在纠结上一次战争，真有些不知所措，情绪也就十分低落，无法走出迷茫。

面对世界和日本的剧烈变化，我感到迷惑。

但是让自己好好静下来想一想，我发现对“9・11”事件的处理中充满了美国作为超级大国的妄自尊大、傲慢与粗暴。

我重新深深认识到，日本只有一条路可以走，就是遵守和平宪法。

前几天在我们的集会上，伊藤真[①]先生（司法考试塾塾长）曾经热情洋溢地讲了这样一段话：

“宪法第九条是人类历史上前所未有的伟大实验。半个世纪前我们有过惨痛的教训，军事力量摧毁一切的体验，让我们决心通过不依靠武力来保卫安全。这是一件非常不容易实现的事情，因为一方面要让自己手无寸铁，另一方面又要不遭受攻击，但是这种向理想迈进的行为本身就有重大的意义。”

我想走有理性而富于智慧的道路。

为了不再出现在战争中四处逃亡的人们。

也为了不再出现我父亲这样的人，不再出现我们这样沉重的家庭。

要坚决和战争说再见！

从接到父亲的遗言到本书付梓，有数不清的人给我帮助，在

---

① 伊藤真（1958— ）：日本著名的律师，任日本律师联合会宪法问题本部副部长等职。

此我谨向他们表示由衷的谢意。

特别是“伟大的，谜一样的”精神病理医生野田正彰先生、有着非凡气场的心理咨询师小柳茂子女士、在文学方面耐心教导我的文艺评论家小林昭先生，他们三位给了我莫大的支持，对此我深表谢意。

当我战战兢兢地把书稿送到出版社时，高文研的金子里美女士一见我就说道：“我深受感动，一口气就读完了。”她和梅田正己代表给了我很大的勇气。还有编辑部的真锅薰先生，非常用心细致地帮我整理了原稿。

最后还要感谢风雨无阻地一直在背后默默支持我的丈夫仓桥哲生，还有我的两个女儿。谢谢你们对我的理解和支持。

2002 年 1 月

仓桥绫子

中译本后记

2002 年，本书在日本国内出版后，我收到了很多读者的来信。同年代的读者告诉我："在我家父亲也从不说自己战争期间的事，我们家庭也不和睦。"年青一代则写道："我对战争也很关心，在家庭关系上也有很多烦恼。我从您跟小柳茂子女士的心理咨询和对话的场面里学到了很多。"

作为加害者的士兵也有很深的心灵创伤。这些创伤战后未被抚平，所以才给日本的很多家庭带来了诸多不幸。

我在 2005 年出版了自传小说《永远的阴影》，对战争的加害者一方进行了再度探究。

在这一年，我有机会再次造访了东宁。东宁县人民政府邀请我参加"抗日战争胜利 60 周年研讨会"，县文物管理所宋吉庆所长从野田正彰先生的《战争与罪责》一书中读到了我的经历，知道了我曾经拜访过李光子婆婆，便专门找到我在日本的住处，发函邀请我访华。我和丈夫、翻译徐淼女士一起参加了研讨会，转达了父亲的谢罪。有几位记者和摄影师跟我说：“日本人要是都像您父亲那样坦诚地道歉的话，我们能得到多大的慰藉啊！”

之后我再次造访了石门子村，郭庆士老先生已经过世，他夫人跟我说：“其实我丈夫不是咖啡店的厨师，而是在慰安所里端茶的。”日军所建的慰安所给周围人们的心灵投下的阴影是如此巨大，让我颇受打击。

我们还去了哈尔滨，参观了侵华日军第七三一部队罪证陈列馆和东北烈士纪念馆，并出席了“侵华日军细菌战与毒气战国际学术研讨会”。徐女士和她的父亲——历史学者徐占江还带我去了趟海拉尔。我以前参观过东宁的日军要塞，这次看到海拉尔的要塞，心头仍泛起彻骨的寒意。日军入侵到别人的国家，为了同苏联作战而建起坚固的要塞，到底牺牲了多少中国人呢？我现在能做的只是代替父辈们道歉。

徐先生父女把我请到家里，徐夫人亲手做了可口的饭菜，他们的盛情招待让我感激不尽。在此，也谨向安排了这次旅行的中国中央电视台的侯新天先生再次致谢。

10 年后的 2015 年春天，宋吉庆先生发来一封电子邮件。东宁的作家李林先生和他的学生姜钰同学读了拙著后颇为感动，希望能够翻译出版该书的中译本。北京理工大学出版社读过姜钰同学所译书稿后，认为该书很有价值，一定能打动中国读者的心，便委托北京理工大学日语系主任周晨亮老师重新翻译此书，并拜托东北亚研究所的笪志刚老师审稿，同时向我发出了出版的申请。今年夏天宋吉庆先生仙游，我谨在此为宋先生祈福，并由衷感谢上述专家学者以及北京理工大学出版社为此书出版付出辛苦的编辑们。

如今我已经是两个外孙的外婆了。为了让日本人不仅了解自己受害者的一面，更了解自己国家作为加害者的一面，我和朋友们一起成立了“战后出生第一代人牵手协会”。我们的活动从1998年一直持续到今天，现在该协会改名为“山猫俱乐部”，经常召开各种学习研讨会、举办演讲会，并从去年开始在城铁车站前进行街头宣传。

日前，安倍首相不顾众多日本国民的反对，强行通过了所谓“安全保障法案”（我们称之为“战争法案”）。我和朋友们都曾到国会前大声疾呼“反对战争!”“捍卫民主主义!”以前参加者尽是我们这些中老年人，现在也有很多年轻人“绝不愿被赶去参加战争”，站起来用自己的头脑思考、用自己的语言来宣传为何要投身于这项运动。大小集会和游行示威波澜壮阔地在日本全国各地展开，并与2011年东日本大地震和福岛核电站泄漏事故时一直坚持到今天的反核市民运动汇合，升华为真正的国民运动。

这种变化让我难以置信，欣喜万分，我们必须阻止安倍政权的暴政。

父亲的在天之灵和我一起从心底里祈祷日本与中国之间战火不再重燃；祈盼亚洲的和平，地球的和平。

仓桥绫子

2015年9月24日